Un royal play-boy

NATALIE ANDERSON

Un royal play-boy

Traduction française de
LÉONIE GADES

AZUR

HARLEQUIN

Collection : Azur

Titre original :
SHY QUEEN IN THE ROYAL SPOTLIGHT

HARPERCOLLINS FRANCE
83-85, boulevard Vincent-Auriol, 75646 PARIS CEDEX 13
Service Lectrices — Tél. : 01 45 82 47 47 - www.harlequin.fr
ISBN 978-2-2804-4818-5 — ISSN 0993-4448

Composé et édité par HarperCollins France. Achevé d'imprimer en janiver 2021.
par CPI Black Print - Barcelone - Espagne
Dépôt légal : février 2021.

MIXTE
Papier issu de sources responsables
FSC® C159065

Pour limiter l'empreinte environnementale de ses livres, HarperCollins France s'engage à n'utiliser que du papier fabriqué à partir de bois provenant de forêts gérées durablement et de manière responsable.

1.

— Fi ?

Hester Moss se figea en entendant claquer la porte d'entrée.

— Fifi ? Bon sang, où es-tu ?

Fifi ? Une seule personne au monde appelait la princesse Fiorella ainsi, et se permettait de s'adresser à elle sur ce ton autoritaire. Son *frère*. Hester n'avait vu le prince qu'une fois, et de loin, lorsqu'il avait accompagné Fiorella pour sa première rentrée universitaire à la place du roi, leur père. Mais comme tout le monde, elle connaissait la réputation scandaleuse et flamboyante, l'arrogance et le charisme de l'homme appelé à régner sur l'île méditerranéenne de Triscari, paradis de la jet-set internationale.

En tant qu'assistante personnelle de la princesse Fiorella, venue à Boston pour ses études, Hester était bien placée pour savoir que cette royale visite ne figurait pas sur le planning de la princesse.

— Fifi ?

Consciente que si elle restait dans sa chambre, le visiteur inattendu finirait tôt ou tard par la découvrir, ce qui serait vraiment embarrassant, elle se résolut à gagner le salon.

C'était bien lui. Le prince Alek Salustri de Triscari.

Sa présence physique faisait paraître l'appartement qu'elle partageait avec la princesse aussi exigu qu'un débarras. Son costume sombre taillé sur mesure mettait en valeur sa haute silhouette athlétique. Plus que son élégance, c'était son assurance qui la fascinait. De toute évidence, le monde lui appartenait.

Une légère contrariété assombrit cependant le sublime visage masculin dès l'instant où les prunelles noires comme la nuit se posèrent sur elle.

— Oh ! dit-il. Vous êtes la secrétaire.

Une longue pratique avait appris à Hester à maîtriser ses émotions et quoi qu'il arrive, elle ne laissait jamais deviner qu'on l'avait blessée. De plus, agacer un prince play-boy trop gâté lui était indifférent.

— Votre Altessc, salua-t-elle sobrement. La princesse Fiorella est absente, j'en suis navrée.

Quoi qu'elle s'en défende, elle était troublée, car elle oublia d'exécuter la révérence de rigueur.

— C'est ce que je constate. Où est-elle ?

— Elle est en labo de biologie. Elle devrait être de retour d'ici une demi-heure. À moins qu'elle décide d'aller prendre un café avec des amis à la sortie du cours. Voulez-vous que j'envoie un message à son garde du corps ?

— Non, je l'attendrai ici.

— Y a-t-il quelque chose que je puisse faire pour vous ? demanda-t-elle.

La nervosité qu'elle perçut dans sa voix l'ennuya. Elle était rarement nerveuse, mais cet homme la mettait mal à l'aise.

Il s'immobilisa et la regarda comme s'il venait seulement de remarquer sa présence. Soutenant son regard, elle ne put s'empêcher de se demander si ces magnifiques yeux insondables cachaient une âme, ou pas.

La sonnerie du téléphone du visiteur mit un terme à cette situation qui menaçait de devenir pénible. Il décrocha et répondit sans masquer son irritation.

— J'ai déjà répondu non ! dit-il sèchement après avoir écouté son interlocuteur. Il n'y aura pas de mariage. Nous devrons trouver un autre moyen. Je ne…

Il marmonna un juron, puis il passa à l'italien, et poursuivit sa salve.

Hester avait l'impression d'être invisible. Oubliant sa présence, il ne se gênait pas pour pester contre les lois et les traditions de son pays.

La cause de sa royale colère était de notoriété publique. Triscari attendait le couronnement du prince depuis la mort de son père, dix mois auparavant, mais malgré l'impatience grandissante de ses concitoyens, le « prince play-boy », comme le surnommait la presse people, avait jusqu'à présent montré peu d'entrain à trouver une épouse, étape obligatoire et préalable à son règne.

Peut-être avait-il besoin de temps pour faire son deuil ? Hester avait fait son possible pour aider la princesse Fiorella à surmonter son chagrin, parce que, pour l'avoir vécue, elle connaissait cette douleur et ce sentiment d'être seul au monde que ressentent les orphelins. Elle avait vu avec plaisir que la jeune fille avait recommencé à passer plus de temps avec ses amis, ces dernières semaines.

Contrairement à sa jeune sœur, le prince Alek n'avait pas cessé toute vie sociale à la mort du roi. Il s'y était même jeté à corps perdu. Au cours des derniers mois, il avait été photographié avec un nombre incalculable de femmes à son bras. Voulait-il prouver à tous qu'il refusait de se plier à cette loi qui exigeait qu'il se marie pour pouvoir accéder au trône ?

Son coup de fil terminé, le prince se tourna vers elle. Hester cherchait quelque chose d'anodin à dire quand un bruit sourd provint de la chambre qu'elle venait de quitter. Apparemment, il l'avait entendu aussi.

— Qu'est-ce que c'était ? demanda-t-il en la dévisageant d'un air soupçonneux.

— Ce n'est rien…

— Je suis son *frère*. Pourquoi ne me laissez-vous pas

entrer dans sa chambre ? Elle est là-dedans avec un homme, c'est ça ?

Avant qu'elle puisse l'en empêcher, il passa devant elle et ouvrit la porte à la volée.

— Bon sang ! Qu'est-ce que c'est que ça ? s'exclama-t-il, immobilisé dans l'entrebâillement de la porte.

— Un chat terrifié. Grâce à vous…

Puis elle s'avança lentement pour ne pas effrayer davantage l'animal à moitié sauvage qui sifflait, le dos rond.

— Qu'est-ce qu'il fait là ?

— Il vient dîner ici tous les jours.

Elle ouvrit la fenêtre et reposa le matou sur le rebord étroit.

— Comment arrive-t-il à descendre ?

Il l'avait rejointe près de la fenêtre et se penchait pour regarder le chat qui descendit avec précaution jusqu'au dernier barreau de l'échelle d'incendie, avant de s'élancer pour les trois derniers mètres et d'atterrir au sol.

— Impressionnant, dit-il.

— C'est un dur à cuire.

Sentant ses narines qui commençaient à la chatouiller, elle se pinça le nez, mais elle ne put retenir sa réaction habituelle.

— Je rêve ou vous venez d'éternuer ? demanda-t-il en la toisant de son regard insondable. Vous êtes *allergique* aux chats ? Est-ce raisonnable de vous occuper de lui ?

— Pourquoi devrait-il mourir de faim parce que je ne suis pas celle qu'il lui faut ?

Elle prit un mouchoir dans le paquet posé sur la table de chevet. Le prince se désintéressait apparemment déjà de la question. Les sourcils froncés, il étudiait maintenant la petite chambre aux murs blancs, avec son lit étroit et ses livres empilés avec soin sur la table de chevet.

— J'ignorais que Fi lisait autant de romans policiers, dit-il en prenant un des livres dans la pile. Je pensais qu'elle ne s'intéressait qu'aux animaux. Et comment arrive-t-elle à bouger dans une si petite pièce ? Où range-t-elle toutes ses affaires ? ajouta-t-il en effleurant du bout du doigt le coffret en bois, seul objet décoratif de la pièce.

Hester se figea en prévision du moment gênant qui allait suivre.

— Ce n'est pas la chambre de la princesse Fiorella, dit-elle. C'est la mienne.

Ce fut au tour de son compagnon de s'immobiliser. Il lui lança un regard furieux et ôta son doigt de la boîte qu'il caressait un instant auparavant.

— Pourquoi ne l'avez-vous pas dit plus tôt ?

— Vous vous êtes rué ici avant de m'en laisser l'occasion. J'imagine que vous avez l'habitude de n'en faire qu'à votre tête.

Déstabilisée par cette intrusion dans son intimité, elle avait parlé sans réfléchir, mais quand elle se rendit compte de ce qu'elle venait de dire et à qui, il était trop tard pour revenir en arrière. Par la force de l'habitude, elle ne se démonta pas.

Elle avait appris depuis bien longtemps, avec les tyrans de cour d'école, comment se comporter avec les gens qui avaient un pouvoir sur elle. *Ne jamais leur montrer que tu as peur.*

Le prince Alek la dévisagea, visiblement surpris par son audace. Puis son expression morose changea et il éclata d'un rire grave. Ce fut au tour d'Hester d'être interloquée. Il avait de charmantes fossettes sur les joues.

— Vous pensez que je suis un enfant gâté ? demanda-t-il tandis que son rire se dissipait.

— Ce n'est pas le cas ?

De nouveau, les paroles avaient franchi ses lèvres presque malgré elle, mais le sourire du prince l'avait complètement désarçonnée. Quand il souriait, son visage devenait chaleureux et humain. Ses yeux pétillaient d'une lueur malicieuse. Ses lèvres pleines s'étiraient et ces adorables fossettes, qui apparaissaient et disparaissaient au creux de ses joues au gré de ses sourires, étaient très sexy.

— Selon vous, être contraint de trouver une épouse entrerait dans la définition de « gâté », rétorqua-t-il d'un ton narquois.

— Vous voulez dire : si vous voulez accéder au trône ?

Elle pouvait difficilement prétendre ne pas savoir de quoi il parlait alors qu'elle avait entendu une grande partie de sa conversation téléphonique.

— Oui.

Il quitta la chambre. Elle le suivit, fascinée malgré elle par la grâce féline de sa démarche et par la puissance qui émanait de son corps viril.

— Ils refusent de changer cette loi archaïque.

— C'est une tradition, répliqua-t-elle. J'imagine que les gens la considèrent comme un gage de stabilité.

— Quelle stabilité ?

Elle passa devant lui et s'avança au milieu du salon. La pointe d'espièglerie qu'elle perçut dans sa voix la fit se retourner pour le dévisager. Elle surprit le regard du prince fixé sur son derrière. La vague de chaleur qui l'envahit la surprit… et l'agaça. Ce n'était pas comme si elle lui plaisait. Il ne pouvait tout simplement pas s'empêcher de jauger toutes les femmes qui lui passaient sous le nez.

— Peut-être que vos sujets veulent un monarque qui ne soit pas un coureur de jupons, constamment distrait par les femmes ?

Les lèvres sensuelles du prince s'incurvèrent de nouveau.

— Pas *constamment*. Le jeudi, je me repose.

— Ah ? Alors, aujourd'hui, vous êtes de repos ?

— Oui.

Il l'examina de la tête aux pieds, mais quand son regard revint sur son visage, il avait repris son sérieux.

— Vous pensez vraiment que c'est juste d'obliger quelqu'un

à se marier afin qu'il puisse exercer la fonction pour laquelle il s'est préparé toute sa vie ? Que je sois célibataire ou marié n'a aucun rapport avec ma capacité à régner. Et vous trouvez juste que je doive sacrifier ma vie privée pour mon pays ?

Mal à l'aise, elle se demandait comment elle s'était laissé entraîner dans une conversation aussi personnelle. Mais le regard de son compagnon la défiait de lui répondre en toute honnêteté.

— Un mariage de raison peut avoir des avantages, dit-elle.

— Quel genre d'avantages ?

De toute évidence, il n'avait pas envie que le défilé incessant de femmes sublimes dans son lit s'arrête de sitôt.

— Il suffit d'avoir le bon contrat avec la bonne épouse, dit-elle d'un ton dénué d'émotion. Vous sauriez tous les deux ce qui vous attend. Ce serait une décision raisonnable et logique qui satisferait vos sujets.

— Raisonnable et logique ? dit-il en haussant un sourcil intrigué. Qui êtes-vous ? Un androïde ?

S'il savait ! En cet instant précis, c'est ce qu'elle aurait voulu être, en effet. Elle était exaspérée de le trouver aussi attirant. Sans aucun doute, elle ressentait la même chose que toutes les femmes qui l'approchaient, ce qui expliquait la longue liste de ses conquêtes.

— Quand vous serez roi, vous pourrez toujours faire abroger cette loi, dit-elle.

Elle voulait mettre un terme à cette discussion qu'elle regrettait à présent d'avoir commencée.

— Effectivement. Mais le problème est que pour être roi, je dois d'abord me marier…

— Pourquoi ne pas demander à l'une de vos nombreuses *amies* de vous rendre ce service ? Je suis sûre que vous trouverez des volontaires.

— J'y ai pensé, figurez-vous. Le problème, c'est qu'elles

prendraient ce mariage trop au sérieux et s'imagineraient que nous vivrons heureux et aurons beaucoup d'enfants.

— Oui, je comprends que ce soit un problème, dit-elle, sarcastique.

Durant tout cet échange, il était resté nonchalamment appuyé contre le montant de la porte. Il se redressa soudain, comme sous le coup d'une révélation, et s'avança vers elle.

— Mais cela ne le serait pas pour vous, déclara-t-il.

— Pardon ?

— Vous êtes intelligente. Vous comprendriez les limites d'un tel arrangement, et j'ai l'impression que l'idée de vivre un conte de fées avec moi ne vous fait absolument pas rêver. Et aucune histoire romantique entre nous, qui pourrait rendre les choses compliquées. En fait, plus j'y pense, plus je suis convaincu que vous incarnez l'épouse idéale.

Elle était de plus en plus mal à l'aise et elle aurait voulu qu'il s'en aille. Mais il ne faisait pas mine de partir. L'expression de son visage viril – qui trahissait une satisfaction diabolique – était une invitation à sourire, mais sous ses dehors insouciants elle devinait un caractère bien trempé, auquel elle était déterminée à ne pas céder.

— Non, dit-elle.

— Pourquoi ?

— Vous n'êtes pas sérieux.

— Je suis très sérieux, au contraire.

— Non, répéta-t-elle, consciente cependant que sa voix manquait de fermeté.

Elle croisa les bras pour ne pas trahir son agitation. Quelle était cette chaleur qui s'insinuait en elle ? Que lui arrivait-il ? Sans doute trop occupée à tenter de survivre, elle n'avait jamais éprouvé ce genre de tentation. Mais maintenant… ? Il lui était de plus en plus difficile d'aligner deux pensées cohérentes sous le regard insistant de son compagnon.

— Ne voulez-vous pas au moins prendre le temps d'y réfléchir ? demanda-t-il.

— Il n'y a pas à réfléchir. C'est complètement grotesque.

Il était entré dans l'appartement seulement cinq minutes auparavant et maintenant il lui demandait de l'épouser. Il était bon à enfermer !

— Je ne suis pas d'accord, rétorqua-t-il avec un calme horripilant. Je pense que ça pourrait très bien marcher.

— Personne ne croira jamais que vous voulez m'épouser.

— Pourquoi ?

Ne pouvait-il pas avoir pitié d'elle ? Pourquoi l'obligeait-il à s'humilier ?

— Parce que je ne ressemble pas aux femmes avec lesquelles vous sortez habituellement.

De nouveau, il la toisa de la tête aux pieds avec ce regard impénétrable où luisait toutefois une lueur appréciative.

— Je ne suis pas d'accord, dit-il.

Il ne manquait plus que ça ! Elle n'avait pas besoin qu'il la flatte dans l'espoir de la convaincre. Mais avant qu'elle ait pu lui dire ce qu'elle pensait de sa tentative factice de séduction, il lui coupa l'herbe sous le pied.

— Ce n'est qu'une question de vêtements et de maquillage, dit-il. Un bel emballage, et le tour est joué !

— De la poudre aux yeux ? Peut-être, mais ce que je voulais dire, c'est que je ne suis pas issue du même milieu que vous. Je ne suis pas une *princesse*.

— Et alors ? Quelle importance ? dit-il avec un haussement d'épaules insouciant.

— Je ne viens même pas de votre pays. Je ne suis pas la femme que vos concitoyens souhaitent vous voir épouser.

Elle crut que l'argument avait porté, car il s'absorba un instant dans ses pensées. Mais quand son regard revint vers elle, la lueur d'arrogance amusée y dansait de nouveau.

— Je suis finalement prêt à me plier à la volonté de mes

concitoyens et à la loi de mon pays, mais ma complaisance s'arrête là. Personne ne me dictera le choix de mon épouse. Notre mariage sera un parfait conte de fées.

— C'est invraisemblable, rétorqua-t-elle d'un ton acerbe.

— Pourquoi ? Depuis combien de temps travaillez-vous pour Fi ?

— Un peu plus d'un an.

Hester avait été choisie parmi d'autres postulantes pour servir de tutrice et partager un appartement dans la cité universitaire avec la princesse Fiorella quand celle-ci était arrivée aux États-Unis. Hester avait quatre ans de plus que la princesse et elle était en dernière année d'études. Mais Fiorella s'était révélée une étudiante brillante et elle n'avait pas réellement besoin de soutien pédagogique. Très vite, Hester l'avait aidée avec la montagne de courrier qu'elle recevait et Fiorella avait fini par lui demander de devenir officiellement son assistante. Ce poste avait permis à Hester de réduire les cours particuliers qu'elle donnait et de finir la rédaction de son mémoire. Aujourd'hui, elle pouvait consacrer une partie de son temps au centre d'accueil en ville où elle faisait du bénévolat.

— Ce qui signifie que vous avez passé tous les contrôles de sécurité et que vous correspondez aux attentes spécifiques de notre famille. De plus, il est tout à fait plausible que nous ayons pu faire connaissance sans éveiller les soupçons. Personne ne sait ce qui se passe entre les murs du palais.

— Je suis désolée de devoir vous signaler une faille dans votre histoire. Je n'ai jamais mis les pieds à Triscari. Et nous ne nous sommes retrouvés ensemble qu'à une unique occasion. Aujourd'hui, c'est la première fois que nous nous parlons.

— Je suis flatté que vous ayez tenu le compte ! Mais personne d'autre que nous n'a besoin de le savoir. Pour le reste du monde, les visites que j'ai officiellement faites à Fi auraient pu être un prétexte pour vous rencontrer.

C'en fut trop. La colère sourde qu'Hester était parvenue à étouffer explosa. Pourquoi s'imaginait-il que tout le monde goberait cette histoire ? Pourquoi s'imaginait-il qu'elle se prêterait docilement à son jeu ? Pensait-il qu'elle était flattée qu'il ait jeté son dévolu sur elle ?

— Je vous remercie, Votre Altesse, mais ma réponse est non, dit-elle après s'être éclairci la gorge. Voulez-vous que je prévienne votre sœur que vous l'attendez à votre hôtel ?

— Vous n'allez pas vous débarrasser de moi aussi facilement…

Il s'interrompit et fronça les sourcils.

— Excusez-moi, j'ai oublié votre nom, dit-il.

C'était le comble ! Il envisageait de l'épouser et il ne connaissait même pas son nom ?

— C'est parce que vous ne l'avez jamais su, répliqua-t-elle avec ironie. Hester Moss.

— Hester…

Il répéta son nom deux fois, très doucement, comme s'il le faisait tourner sur sa langue pour en goûter la saveur et décider sur quel ton le prononcer. Puis il sourit.

— Moi, c'est Alek.

— Je sais très bien qui vous êtes, Votre Altesse.

Et ce n'était pas parce qu'il était séduisant qu'elle allait se laisser convaincre de participer à cette mascarade.

Pourtant, elle sentait naître une curieuse sensation au plus profond d'elle-même, enfouie sous le poids du deuil, des persécutions et des railleries, une sorte de défi teinté de mélancolie. Une soif d'aventure.

Sous le regard scrutateur du prince Alek, elle avait l'impression d'être une pouliche destinée à son haras. Il incarnait une tentation à laquelle elle avait de plus en plus de mal à résister.

— Je suis persuadé que cela pourrait très bien marcher, *Hester.*

Son intonation sensuelle, presque un chuchotement, lui fit l'effet d'une caresse. Il était tellement habitué à obtenir tout ce qu'il voulait qu'il ne concevait sans doute pas qu'on puisse lui opposer un refus.

— Je n'ai pas envie de devenir un objet de railleries.

— Ce ne sera pas le cas, affirma-t-il d'un ton assuré. En revanche, je vous promets que vous allez vous amuser.

— Je n'ai pas besoin de m'amuser.

— Ah bon ? De quoi avez-vous besoin, alors ? D'argent ?

— Non. J'ai assez d'argent, mentit-elle.

À son regard dubitatif, elle vit qu'il ne la croyait pas.

— Et puis, j'ai un travail, renchérit-elle. À moins que vous vouliez me faire renvoyer si je persiste à vous dire non ?

Le sourire du prince s'évanouit.

— La première chose que vous devez savoir sur moi, et il y en aura beaucoup d'autres, c'est que je ne suis pas le salaud que vous pensez. Pourquoi n'écoutez-vous pas ma proposition jusqu'au bout avant de tirer des conclusions hâtives ? Je veux que vous m'épousiez. Je serai couronné, et vous vivrez une vie luxueuse dans un palais. Vous ne manquerez de rien.

Il avait appuyé sa dernière remarque d'un regard vers sa chambre. N'imaginait-il pas qu'on puisse se satisfaire d'une vie simple ? Elle devait le faire démordre de cette idée saugrenue.

— Tout ceci est un peu précipité. Vous ne voulez pas y réfléchir un peu ?

— J'ai déjà beaucoup réfléchi. C'est un plan excellent.

— Malheureusement pour vous, *je* n'aime pas qu'on me dise ce que je dois faire.

Pas plus qu'elle n'aimait les promesses mièvres de vie

luxueuse, ou la perspective de vivre entourée d'une foule de gens.

Son objection le fit éclater de rire.

— Ma sœur doit vous dire tout le temps quoi faire.

— C'est différent, elle me paye.

— Je vous paierai mieux. Beaucoup, beaucoup mieux.

Curieusement, cet argument rendait sa « proposition » encore plus humiliante. Au regard amusé du prince, elle vit qu'il avait suivi le cours de ses pensées.

— Que les choses soient claires, Hester. Notre union n'aura de mariage que le nom. Nous n'avons pas besoin de coucher ensemble. Je ne vous demande pas de vous prostituer.

Cette allusion directe à une relation physique la troubla et c'est au prix d'un effort considérable qu'elle réussit à s'exprimer d'une voix dénuée d'émotion :

— J'en déduis qu'un héritier ne fait pas partie des choses que vous attendez de moi ?

— Heureusement, la loi de succession n'a pas prévu cette condition supplémentaire. Nous pourrons divorcer au bout d'un certain temps. J'aurai changé cette loi stupide et je me remarierai si ça me chante. J'aurai tout le temps de m'occuper de ça une fois que je serai roi. Nous resterons mariés pendant un an tout au plus. Envisagez cela comme un contrat à durée déterminée. Un an, et tout revient à la normale.

Un retour à la normale ? Pour l'ex-femme d'un roi ? Avait-il perdu la tête ? Rien ne serait normal après cela. Pas plus que ne le serait une année entière à vivre à ses côtés, à en juger par l'épreuve qu'avaient représentée ces dix dernières minutes.

Quelle arrogance ! Il n'avait même pas demandé si elle était célibataire. Un regard lui avait suffi pour se faire son opinion. Et il avait raison. Ce qui était encore pire, songea-t-elle avec amertume. Hester Moss, insignifiante et inexistante.

— Avez-vous le droit d'utiliser l'argent de votre pays pour vous payer une épouse ? demanda-t-elle sèchement.

— Je puiserai dans ma fortune personnelle. Vous n'êtes peut-être pas au courant, mais je suis un homme d'affaires prospère avant d'être prince.

Elle préférait ne pas penser à tout ce qu'elle savait sur lui. Mais comment oublier la réputation sulfureuse du prince Alek ? Incapable d'aborder cette question en soutenant son regard, elle baissa les yeux.

— Il y a un problème plus important, dit-elle.

— Lequel ?

— Votre vie sentimentale très active. Suis-je censée m'en être accommodée ?

— J'ignorais que vous aviez eu accès à mon journal intime.

— Ce n'est pas nécessaire. Vos exploits font la une des journaux.

— Et vous croyez tout ce que vous lisez dans les journaux ?

— Voulez-vous dire que tout est faux ?

Il se tut pendant quelques secondes et elle sut. Tout était *vrai*.

— Je ne suis pas un moine, admit-il enfin. Mais pour en revenir à notre idylle… Peut-être que vous m'avez tenu la dragée haute. Peut-être que j'avais le cœur brisé et que je me consolais de vos refus.

— En couchant avec toutes les femmes qui ne disaient pas non ?

Il eut le culot d'éclater de rire.

— Pas *toutes* ! Mon endurance a des limites.

— Et pourrez-vous vous passer de cette… intimité pendant toute une année ?

— Pourquoi serais-je incapable de maîtriser mes pulsions ? Vous seriez surprise de savoir combien de privations je peux endurer. Mais *vous*, serez-vous capable de supporter une aussi longue période d'abstinence ?

Elle sentit qu'elle s'empourprait. Il avait tout à fait le droit de lui retourner la question qu'elle ne s'était pas gênée pour lui poser. Mais elle n'était pas obligée de lui dire la vérité. Elle leva le menton dans un geste de défi.

— Non, affirma-t-elle.

Son rire narquois montra qu'il n'était pas dupe de son assurance.

— Vous restez toujours imperturbable, même quand vous mentez. Allez, épousez-moi, mademoiselle Moss. Faites de moi l'homme le plus heureux du monde.

Elle était en proie à la plus folle des tentations. Le prince dégageait une telle aura de séduction... Mais elle ne pouvait tout de même pas se laisser entraîner dans cette folie pure parce qu'il était beau comme un dieu et qu'elle adorait son humour !

— Si vous n'avez pas besoin d'argent, alors distribuez-le ! dit-il. Pensez à toutes ces causes que vous pourriez soutenir. Tous ces gens. Ou ces chats, par exemple. Ou la planète ? Choisissez. Ou partagez-le, ça m'est égal.

— Parce que vous êtes un cynique.

— Détrompez-vous. Si nous avons l'occasion d'aider notre prochain, ou de laisser la Terre dans un meilleur état que celui où nous l'avons trouvée, alors nous devons le faire, non ? C'est une question d'honnêteté.

Son regard intense faisait battre le cœur d'Hester plus fort. De nouveau, elle se demanda s'il était cynique ou, au contraire, profondément humain.

— Vous n'avez pas besoin d'argent, dit-il. Mais n'y a-t-il personne dans votre vie qui en aurait besoin ?

En fait, il y avait vraiment très peu de gens dans sa vie. Mais il avait touché un point sensible. Et elle savait exactement à qui elle pourrait donner cet argent.

Trois semaines auparavant, au centre d'accueil de jour, elle avait rencontré une mère adolescente et son enfant qu'elle essayait d'aider. Lucia et sa fille Zoe étaient seules au monde, rejetées par leur famille. Si personne n'intervenait, Zoe risquait d'être enlevée à sa mère pour être placée en famille d'accueil. Hester avait donné à Lucia le peu d'économies qu'elle avait et elle s'était démenée pour lui trouver un logement provisoire. Hester savait trop bien ce que c'était d'avoir peur, de ne pas se sentir en sécurité, de n'avoir pas de famille pour vous protéger et vous aimer. Quand ses parents étaient morts, elle avait découvert l'horreur d'être imposée à une famille qui ne voulait pas d'elle. Plus que quiconque, elle savait qu'avec l'argent, le pouvoir et la liberté venaient facilement.

Le prince Alek l'observait avec attention. À sa surprise, il lui lança un sourire presque timide.

— Allez, Hester… Vous n'avez pas envie de vous amuser un peu ?

Pensait-il qu'elle avait besoin de s'amuser ? Bien sûr que oui. Elle ne se faisait pas d'illusions sur l'image de bas-bleu qu'elle renvoyait. D'ordinaire, elle s'en souciait peu, mais en cet instant… ?

— Vous vous délectez à l'idée de surprendre tout le monde, n'est-ce pas ?

— N'avons-nous pas tous envie de ne pas nous conformer à l'idée que les gens se font de nous ?

Décidément, il était très habile, car il avait de nouveau touché un point sensible. Maintenant elle pensait à tous ces gens qui la tyrannisaient, ses cousins, ses camarades à l'école qui se moquaient de ses vêtements d'orpheline, tous ces enfants qui s'étaient montrés cruels avec elle. Tous les gens de son passé allaient la *voir* de nouveau. Elle serait visible, et donc, plus vulnérable. Mais ne s'était-elle pas juré qu'elle ne laisserait plus jamais personne la blesser ? En même temps, si elle avait survécu à toutes ces épreuves, alors elle survivrait aussi à celle-ci. Et peut-être qu'avec un petit changement d'*emballage*, elle pourrait renverser l'image que tous ces gens avaient d'elle. Et oui, cela pourrait être amusant.

Un an, c'était long. Mais avec l'argent qu'elle recevrait, elle pourrait changer la vie de Lucia et de Zoe pour *toujours*. Si quelqu'un avait fait cela pour ses parents ? Ou pour elle-même ? Bien des années pénibles lui auraient été épargnées.

Hester redressa les épaules.

Un désir irrésistible d'aventure se fit alors jour en elle. Le prince lui offrait le pouvoir de changer la vie d'une jeune fille et d'une enfant sans défense. Et la sienne, par la même occasion.

— Je pense que vous aimerez Triscari, murmura-t-il. C'est un endroit enchanteur, le climat y est merveilleux.

Il avait senti qu'elle était sur le point de céder. Surmontant sa panique à la perspective de se jeter dans l'inconnu, elle déclara d'une voix ferme :

— D'accord, j'accepte. Pour un an.

Une lueur de satisfaction fit briller les prunelles du prince. Oui, c'était un homme qui aimait obtenir ce qu'il voulait. Mais il avait le triomphe modeste.

Pour se donner l'illusion de maîtriser la situation, elle l'avertit :

— Ça vous coûtera cher !

— Qu'allez-vous faire de tout cet argent ?

— Vous tenez à votre intimité ? Moi aussi. Si j'ai envie de me prélasser dans une baignoire remplie de billets de banque, c'est mon droit.

Elle ne révélerait à personne, même pas à lui, comment elle comptait dépenser son argent. Même pas à Lucia, car elle voulait la préserver des remous que cette histoire occasionnerait si cela venait à se savoir. Ce serait un cadeau secret. Le prince ne se formalisa pas de sa fin de non-recevoir.

— Merveilleux ! Serrons-nous la main ! dit-il avec une moue amusée.

Le simple contact de sa peau lui procura un frisson langoureux. Il s'inclina devant elle, mais elle fut incapable de lui répondre ne serait-ce par un bref hochement de tête. Elle était incapable de bouger, ou de respirer. Et son cœur ? Il s'était tout simplement arrêté de battre.

— Marions-nous, Hester, dit-il. Le plus tôt sera le mieux.

Le trouble que lui procurait l'intensité de son regard l'effraya, mais il était trop tard pour reculer.

2.

Alek avait du mal à croire qu'il venait de prendre une décision aussi capitale sur un coup de tête. Il s'était indéniablement laissé emporter par son impétuosité. Mais c'était de l'euphorie qu'il éprouvait, et non des regrets. Il avait enfin trouvé le moyen de satisfaire les ministres qui le harcelaient depuis des mois ! Grâce à cette jeune femme, il serait bientôt libre d'accomplir son destin.

Mlle Hester Moss…

Assistante personnelle. Avec son pantalon de toile bleu marine, son T-shirt blanc trop large, ses lunettes trop grandes et ses cheveux coiffés en une queue-de-cheval très sage, elle ne ressemblait pas à une fiancée royale. Elle n'était pas particulièrement grande ou mince, et elle était dénuée de style et d'assurance. De ce point de vue, elle avait raison : elle ne ressemblait pas aux femmes avec lesquelles il sortait habituellement. Et c'était parfait. Parce qu'il ne comptait pas sortir avec elle. Pas plus qu'elle ne voulait sortir avec lui. Leur arrangement était simple. Pas de sexe. Pas de complications.

Hester Moss avait quelque chose de mieux à lui offrir. Elle était posée et efficace, et leur vie commune, pour le peu qu'elle durerait, serait harmonieuse. À vrai dire, elle lui parut soudain un peu trop réservée. Qu'est-ce qui se cachait derrière cette façade trop lisse ?

Toutefois, si Hester n'avait pas été irréprochable, son père n'aurait pas permis qu'elle approche de Fiorella. Les services de sécurité devaient avoir un dossier sur elle, mais l'idée de le consulter lui déplut. Il allait devoir interroger directement l'intéressée. Cela ne serait sans doute pas facile, car il avait compris qu'elle était d'une nature très secrète, mais la difficulté attisa sa curiosité.

Il tenait toujours la main de la jeune femme dans la sienne. À cette faible distance, malgré les lunettes, il voyait mieux la couleur extraordinaire de ses yeux – leur nuance chaude d'or pur. Ses cils étaient très fournis. Quoi qu'elle en dise, elle s'autorisait quelques artifices, puisqu'elle portait du mascara. Alors qu'il l'étudiait, une vague de chaleur prit naissance dans le creux de sa gorge avant de descendre le long de son torse, puis plus bas. Désarçonné par cette réaction inattendue, il fut incapable de détacher le regard de ses magnifiques yeux de lionne.

— Alek ?

La voix de Fi l'arracha à sa contemplation. Il n'avait pas entendu sa sœur arriver qui, interloquée, regardait leurs mains jointes.

Hester secoua sa main. À son expression, il vit qu'elle était confuse. En réponse à la prière muette de ses yeux expressifs, il la libéra.

— Que fais-tu ici ? demanda Fiorella. Que se passe-t-il ?

Sans consulter Hester, il décida qu'eux seuls seraient au courant du pacte qu'ils avaient conclu. S'ils réussissaient à convaincre Fifi de la réalité de leur relation, alors convaincre le reste du monde ne serait qu'une formalité.

— Nous n'avions pas l'intention de te prendre par surprise, dit-il. Mais… Hester et moi sommes fiancés.

— Fiancés ? *Hester et toi ?* s'écria Fiorella, les yeux écarquillés. Vous ne vous connaissez même pas !

— Nous nous connaissons beaucoup mieux que tu ne le crois, répliqua-t-il.

Le regard incrédule de Fiorella alla de l'un à l'autre.

— Jamais de la vie ! murmura-t-elle.

Alek vit qu'Hester avait pâli. Elle lui parut soudain très vulnérable.

— Hester ? dit Fiorella, je sentais bien que quelque chose te tracassait ces derniers temps…

Elle s'interrompit pour s'adresser de nouveau à lui, sur un ton menaçant :

— Hester travaille pour moi. Et je ne veux pas que tu… la fasses souffrir.

Cette fois, Hester reprit des couleurs. Alek resta bouche bée quand un sourire lumineux éclaira son visage impassible. L'espace d'un instant étrange, il aurait voulu être celui qui l'avait fait sourire ainsi. Aussi vite qu'il était apparu, cependant, le sourire s'évanouit et elle retrouva son air indéchiffrable.

— Je suis une grande fille, Fiorella, dit Hester d'un ton rassurant. Je sais que tu ne te doutais de rien, mais nous avions nos raisons pour rester discrets.

De toute évidence, Hester avait d'abord pensé que Fiorella désapprouvait le choix de son frère. Quand elle avait compris que la réticence de la princesse était causée par une inquiétude, légitime pour qui connaissait la réputation d'Alek, elle avait été soulagée de s'être trompée.

Un sentiment de possessivité aussi incongru que puissant le poussa à reprendre la main d'Hester dans la sienne. Instinctivement, il entrelaça leurs doigts et se persuada que c'était pour convaincre Fifi.

Sa sœur fixait de nouveau leurs mains, mais sa surprise se mua très vite en consternation.

— C'est à cause de cette loi stupide, c'est ça ?

— Non, intervint Hester. C'est ce que ton frère et moi *voulons*.

Alors qu'il savait qu'elle jouait la comédie, la façon dont elle appuya sur ce dernier mot le troubla inexplicablement.

— Je suis vraiment désolée de te l'avoir caché, poursuivit-elle, mais la situation n'était pas simple…

— Et je suis désolé de te prévenir au dernier moment, ajouta Alek, volant au secours d'Hester. Mais je ramène Hester avec moi à Triscari aujourd'hui même.

— Alors c'est bien vrai ? Oh ! Alek, c'est merveilleux ! Un véritable conte de fées !

Hester était visiblement touchée par la réaction enthousiaste de sa sœur, car il sentit la main de sa compagne frémir dans la sienne.

— Eh bien…, je dois y aller, dit Fi. Mon amie m'attend. J'étais passée pour demander à Hester de… Ça n'a pas d'importance, je me débrouillerai. Je vous laisse, vous devez être en pleins préparatifs.

Elle les dévisagea encore une fois, avant d'ajouter :

— Je n'arrive toujours pas à y croire.

Fi s'avança vers eux et Alek l'étreignit sans lâcher la main d'Hester. Quand sa sœur fut partie, il s'écarta d'Hester à contrecœur. Décidément, elle provoquait en lui des réactions étranges sur lesquelles il préférait ne pas s'attarder.

— Merci, dit-il. Vous mentez bien.

— Je suis douée quand il s'agit de me préserver. Ce n'est pas la même chose.

Se préserver ? De nouveau, elle avait éveillé sa curiosité.

— Vous voulez vraiment que nous laissions croire à Fiorella qu'il y a une « relation » entre nous ? demanda-t-elle.

— Pour l'instant, oui. Je ne voudrais pas qu'elle nous trahisse sans le vouloir, ni qu'elle s'inquiète.

— C'est votre sœur. C'est normal qu'elle se préoccupe de votre bonheur.

— J'avais l'impression qu'elle s'inquiétait plus pour vous que pour moi, répliqua-t-il d'un ton ironique.

— Elle n'a pas besoin de s'inquiéter pour moi. Je suis capable d'affronter n'importe quelle situation.

Il n'en doutait pas une seconde. Se rappelant la remarque de Fiorella, il se demanda néanmoins ce qui avait « tracassé » Hester ces derniers temps. Certainement pas un homme, sinon elle n'aurait pas accepté sa proposition. Mais à vrai dire, cela ne le regardait pas. Elle était parfaite pour le rôle qu'il lui demandait de jouer. Son attitude réservée convenait à une future reine. Elle parvenait même à garder une distance avec Fi, dont il savait qu'elle était plutôt démonstrative. D'ailleurs, ce qui avait convaincu Fi qu'ils étaient ensemble depuis un certain temps, c'était qu'Hester et lui se *touchaient*. La jeune femme avait visiblement instauré entre elle et Fiorella une distance toute professionnelle, se cantonnant à son rôle d'employée – ni confidente ni amie.

Il ne pouvait nier qu'elle l'intriguait.

Pourquoi vivait-elle dans une chambre aussi spartiate, où les seules notes personnelles étaient la présence ponctuelle d'un chat de gouttière, une boîte en bois cassée et une pile de romans d'occasion ?

Hester représentait un puzzle auquel il manquait des pièces. Heureusement, Alek aimait les puzzles et il avait toute une année pour percer son mystère. Et rien ne les empêchait de devenir *amis*. Bien sûr, il lui faudrait pour cela ignorer les éclairs inattendus de désir qu'elle suscitait chez lui.

— Je dois appeler le palais, dit-il en se dirigeant vers le bureau d'Hester. Vous devez faire vos bagages, ou…

Il s'interrompit quand il vit l'expression soucieuse de sa compagne.

— Comment allons-nous mettre un terme à cette histoire, dans un an ? demanda-t-elle soudain.

Il fut soulagé. Pendant quelques secondes il avait redouté qu'elle ait changé d'avis.

— Je prendrai tous les torts à mon compte, dit-il.

— Non, il vaut mieux que ce soit moi. Vous serez le roi et votre image en pâtirait. De plus, je ne veux pas être plaquée. C'est *moi* qui vous quitterai. Votre réputation sera intacte. La mienne est sans importance. Je me fiche de ce que les gens racontent sur moi !

Personne ne se moquait de l'opinion d'autrui. Il l'étudia avec un intérêt accru, mais il décida de ne pas insister. Il avait déjà remporté plusieurs victoires aujourd'hui.

— Nous aurons le temps de régler les détails de notre rupture le moment venu.

Il constata avec satisfaction qu'elle se détendit. Il eut alors envie de revoir son sourirc.

— Je dois vous prévenir : mes sujets et mon gouvernement veulent un mariage en grande pompe, dit-il en levant les yeux au ciel d'un air faussement excédé. Si j'apprécie bon nombre de nos traditions, je trouve cependant que les plumes de mon uniforme d'apparat nuisent un peu à mon style.

Comme il l'avait espéré, elle sourit.

— Des *plumes* ?

— C'est un peu ridicule, concéda-t-il.

Comme si une pensée sombre traversait l'esprit d'Hester, son sourire s'évanouit.

— Vous ne croyez pas que tout le monde va se douter que vous m'épousez uniquement pour pouvoir être couronné ?

— À nous de les convaincre du contraire.

— Comment allons-nous nous y prendre ?

— Nous avons bien convaincu Fi.

— C'est une incorrigible romantique.

— Eh bien, nous leur donnerons du romantisme ! Faites-moi confiance, Hester. Je pense que nous pouvons facilement avoir l'air d'un couple amoureux.

Les yeux d'Hester s'écarquillèrent.

— Mais nous n'aurons pas besoin de nous *toucher*, n'est-ce pas ? demanda-t-elle d'un ton presque horrifié.

Alek se retint d'éclater de rire. Ses conseillers allaient adorer Hester, après les reproches qu'ils lui avaient faits sur le manque de discrétion de ses aventures sans lendemain. Et si elle offrait cette image de fiancée rougissante en public, elle ferait fondre tous les cœurs.

— Vous ne voulez pas de démonstrations d'affection en public ? demanda-t-il.

— C'est ça.

Ce sujet la mettait visiblement mal à l'aise et il se retint de lui demander ce qu'il en serait des démonstrations d'affection *en privé*. Pourquoi éprouvait-il soudain cette envie de la choquer ? De la faire rougir ? De la faire sourire, soupirer… *crier* ? L'érotisme des images qui lui vinrent à l'esprit le prit totalement au dépourvu. Il mit sa réaction sur le fait qu'elle n'avait pas cessé de lui résister, un refus qui avait eu un effet inattendu sur sa libido.

Mais que lui importait, après tout ? Si c'était ce qu'elle voulait, il n'y voyait pas d'inconvénient.

Toutefois, il ne pouvait pas croire qu'il était le seul à ressentir cette surprenante alchimie. Comme pour confirmer son intuition, la rougeur d'Hester s'intensifia tandis que le silence se faisait plus tendu.

Alek ne disait toujours rien et, à sa grande consternation, Hester eut l'impression que tout son corps s'embrasait sous son regard intense, mais elle était décidée à clarifier ce point – qui lui paraissait soudain essentiel – de leur arrangement.

— D'accord, dit-il finalement. Mais ne vous inquiétez pas, je n'allais pas vous proposer de nous entraîner.

— C'est inutile, acquiesça-t-elle, soulagée.

— En effet. Je n'ai pas besoin d'entraînement. Je sais comment embrasser.

Un sourire narquois flottait sur ses lèvres sensuelles. Hester ne trouva aucune repartie ironique. Elle n'allait pas lui avouer que, pour sa part, elle manquait totalement d'expérience.

— Sachez toutefois que nous serons obligés de nous embrasser, reprit Alek. Deux fois, durant la cérémonie du mariage, qui sera retransmise en direct à la télé et sur les réseaux sociaux.

— En direct ? balbutia-t-elle, abasourdie.

— Il n'y a pas de quoi s'affoler, nous jouerons notre rôle, c'est tout, Hester.

Seule la pensée qu'elle allait avoir les moyens d'aider Lucia et Zoe l'empêcha de prendre ses jambes à son cou.

— D'accord pour deux baisers, dit-elle.

Elle se rassura en songeant que ce seraient sans doute deux baisers très chastes. En dépit de sa réputation de don Juan, le prince Alek ne se donnerait pas en spectacle en embrassant langoureusement son épouse de convenance. Il n'avait même pas besoin de savoir qu'elle n'avait jamais été embrassée.

— J'aurais le droit de tenir votre main pendant le banquet qui suivra la cérémonie ? De vous regarder ? De vous sourire ? demanda-t-il.

Consciente qu'il la taquinait, elle répondit, pince-sans-rire :

— Selon les circonstances, il se pourrait même que je vous rende votre sourire.

Apparemment satisfait, il s'assit devant son bureau, prit un bout de papier et un stylo, et commença à remplir la feuille de petits carrés à côté desquels il notait une tâche ou une idée. Efficacité et méthode étaient donc des points qu'ils avaient en commun ? Qui l'eût cru ? Quand il eut terminé, il étudia sa liste un instant, puis il sortit son téléphone et composa un numéro.

— J'ai de bonnes nouvelles, Marc, dit-il quand son correspondant eut décroché. Finalement, je vais me marier. Je sais que tout est prêt depuis des mois, alors vous pouvez appuyer sur le bouton « marche ». Je rentre avec ma fiancée cet après-midi !

Quand il eut raccroché, quelques instants plus tard, il lui annonça que le mariage aurait lieu dans dix jours et le couronnement, la semaine suivante.

— C'est plus tôt que je ne pensais, mais tout est planifié dans les moindres détails depuis avant ma naissance. Ils ont des plans pour tout. Les défilés, les funérailles, les baptêmes…

Il lui lança un regard malicieux et éclata de rire.

— Ma nécrologie est déjà rédigée. Ils la mettent à jour régulièrement.

— Vous plaisantez ?

— Non… N'ayez pas l'air si choqué !

De nouveau, il riait.

— C'est seulement que…

Par habitude, elle garda ses réflexions pour elle. Mais elle trouvait triste d'avoir ainsi sa vie si méticuleusement planifiée. Elle comprenait mieux maintenant qu'il ait voulu se rebeller contre le carcan qu'on lui imposait.

— Vous-même, je devine que vous êtes du genre à faire des listes et à envisager toutes les éventualités, dit-il.

— Euh… Oui, mais…

— La seule différence avec vous, c'est qu'ils ont plus de listes, dit-il tout en parcourant ses notes. Il vous faut une robe de mariée. L'idéal serait que vous choisissiez un créateur originaire de Triscari pour la dessiner. Ça ne vous ennuie pas ?

— Pas du tout.

La panique commençait à la gagner. Cette question concrète lui faisait comprendre qu'au moment d'accepter la proposition du prince, elle n'avait pas envisagé toutes les conséquences. Leur mariage allait être suivi par des millions de téléspectateurs dans le monde qui scruteraient à la loupe sa robe et son physique. Elle n'était pas une beauté.

De taille moyenne, elle était un peu potelée, comme sa tante le lui avait souvent fait remarquer en la comparant à ses cousines, si sveltes.

Ce moment de découragement fut de courte durée. Refusant de se laisser démoraliser par ces souvenirs pénibles, elle se redressa. N'avait-elle pas décidé depuis très longtemps de ne pas se soucier de l'opinion des gens, puisque, de toute façon, elle ne pourrait jamais plaire à tout le monde ?

— Mon assistant fera livrer quelques modèles au palais, poursuivit Alek. Dix jours, c'est peu, mais toute une équipe s'occupera de vous. On vous apprendra à poser pour les photographes, à prendre des bains de foule…

— Peut-être que Fiorella pourrait me guider ? suggéra-t-elle, pleine d'espoir.

Il répondit par un large sourire à son air effaré.

— C'est moi qui vous guiderai, répliqua-t-il. Fi n'arrivera que la veille de la cérémonie.

Hester parcourut le petit appartement du regard, prenant brusquement conscience de tout ce dont elle devait encore s'occuper avant de partir.

— Je vais devoir…

— Trouver quelqu'un pour nourrir le chat, termina-t-il à sa place, en ajoutant une ligne à sa liste.

— Oui, murmura-t-elle, touchée qu'il s'en soit souvenu.

— Je paierai, bien sûr. Avez-vous d'autres obligations professionnelles que nous devons régler ?

Elle savait qu'elle n'était pas indispensable. Personne ne l'était. Elle pouvait disparaître de l'université, seules quelques personnes s'en apercevraient. Mais elle allait devoir s'organiser pour Lucia. Elle s'éclaircit la gorge.

— Hum… Je vais avoir besoin de…

Il leva la tête et la dévisagea en faisant tournoyer son stylo entre deux doigts.

— Vous voulez votre première baignoire remplie de dollars ?

L'intensité de son regard masculin la troubla.

— Quelques liasses me suffiraient pour l'instant, marmonna-t-elle.

Il arracha une feuille au bloc posé sur le bureau et la lui tendit.

— Notez vos coordonnées bancaires et le montant que vous souhaitez, je me chargerai du reste.

Elle fut soulagée qu'il ne lui demande pas pourquoi elle demandait cet argent.

— Qui voulez-vous inviter au mariage ? Votre famille ? Vous pouvez inviter autant de monde que vous voulez. Donnez-moi les noms et je leur ferai envoyer les invitations, et réserver les vols et l'hôtel.

La famille… ? Elle se figea.

Il s'était arrêté d'écrire et il attendait sa réponse. Elle n'aurait su dire pourquoi elle hésitait. Elle avait prononcé ces paroles des centaines de fois, et pourtant, c'était chaque fois douloureux.

— Mes parents sont morts quand j'étais enfant.

— Vos parents adoptifs, alors ? dit-il sans ciller. La famille élargie ?

— Dois-je vraiment les inviter ? demanda-t-elle, la gorge nouée par une angoisse familière.

— Si vous n'invitez personne, les gens vont jaser. Je vous conseille donc de les convier, quitte à les tenir à distance si vous ne voulez pas les voir. C'est la solution diplomatique que mes conseillers préféreront.

— Quel prétexte pourrais-je invoquer pour éviter de les rencontrer, s'ils viennent ?

Il l'observa, visiblement intrigué par sa réticence vis-à-vis de ses proches, puis ses yeux se plissèrent et son regard se fit malicieux.

— Si ça vous arrange, je peux me montrer très possessif, dit-il.

Elle ne put s'empêcher d'éclater de rire.

— Vous voulez dire que vous abuseriez de votre autorité ?

Il lui adressa un sourire charmeur et décomplexé.

— C'est ce qu'on attend d'un futur roi, non ?

— Les avantages et les inconvénients du métier…

Son sourire s'évanouit cependant à la perspective de revoir ses cousins. Elle ne doutait pas qu'ils viendraient, car ils étaient obsédés par leur statut social. De plus, si elle les invitait au mariage royal de la décennie, ils seraient moins enclins à se répandre dans les médias. Sa famille du côté paternel n'admettrait jamais qu'ils avaient déshérité le père d'Hester, rejeté sa mère alors qu'elle était enceinte, et poussé les jeunes gens à s'enfuir. Ils n'avaient recueilli Hester après l'accident qui avait coûté la vie à ses parents que pour ne pas ternir leur image. Ils lui avaient toujours rappelé qu'elle avait gâché les plans de carrière et de vie parfaits que sa famille avait nourris pour son père.

— Qui vous conduira à l'autel ? demanda-t-il.

— Personne. Mais peut-être que Fiorella pourrait être ma demoiselle d'honneur ?

Elle n'était pas sûre que ce soit approprié, mais elle ne voyait personne d'autre.

— Ce serait parfait.

— Parfait pour corroborer le conte de fées que vous avez imaginé ?

Le recours à la plaisanterie lui permettait d'oublier les souvenirs éprouvants que la discussion avait ravivés.

— Les médias vont se déchaîner dès qu'ils auront vent du mariage, la prévint-il. Ils vont passer votre vie privée au peigne fin. Êtes-vous prête pour le grand déballage ? Aucun squelette dans le placard ? Non que cela me pose problème ;

ce n'est pas moi qui vais vous jeter la pierre, étant moi-même assez bien pourvu en la matière.

À l'intonation de sa voix grave, elle comprit qu'il souriait, puis il dit, un ton en dessous :

— Mais je ne voudrais pas que vous souffriez.

— Ça ira, ne vous inquiétez pas.

— Pas d'ex-petits amis susceptibles de s'épancher dans la presse à scandale ?

Elle fit mine de noter quelques lignes dans son carnet pour cacher son embarras.

— Il n'y a pas de squelette dans le placard. J'étais une adolescente solitaire. Je n'ai jamais vraiment été proche de quelqu'un.

À contrecœur, elle leva les yeux avec l'idée de lui faire comprendre d'un regard que le sujet était clos. Elle le regretta aussitôt, car elle se retrouva captive des magnifiques yeux noirs du prince. Elle réussit néanmoins à dominer son trouble et à lui assurer d'une voix impassible :

— Jusqu'à aujourd'hui, ma vie a été très ennuyeuse. Il n'y a littéralement rien à raconter. Est-ce un problème ?

— Pas du tout.

Rassurée, elle décida d'appréhender ce mariage comme une aventure de quelques mois. Puisqu'elle avait été assez folle pour accepter cette proposition étrange, autant jouer le jeu jusqu'au bout. Surmontant son viscéral esprit d'indépendance, elle se résolut à demander de l'aide.

— Vous pensez que votre assistant pourra me trouver un coiffeur ? Et peut-être d'autres vêtements… ?

— Ça vous plairait ?

Elle fit un effort pour garder un ton léger.

— Tous ces jolis emballages et ces artifices ? Disons que je suis preneuse de tout ce que je peux trouver pour bien jouer mon rôle.

— Je prendrai les dispositions nécessaires. Notez aussi

votre taille et je ferai livrer quelques vêtements directement dans l'avion.

Contrairement à lui, elle ne parvenait pas à traiter avec insouciance ces sujets très personnels, et c'est en rougissant qu'elle nota sa taille sur le bout de papier et le lui tendit.

— J'ai encore quelques coups de fil à passer. Ça vous laissera le temps de préparer vos bagages. C'est probablement mieux que nous partions avant que Fi revienne. Cela nous épargnera toutes les questions qu'elle aura eu le temps de se poser depuis que nous lui avons annoncé la nouvelle.

Soulagée de ne plus subir son regard pénétrant qui la troublait plus qu'elle ne voulait l'admettre, elle se réfugia dans sa chambre pour téléphoner. La responsable du centre d'accueil se montra compréhensive – et exprima des regrets – quand elle lui annonça que des raisons familiales impérieuses l'obligeaient à donner sa démission. En moins de dix minutes, elle créa un compte e-mail anonyme avec lequel elle pourrait organiser les virements pour Lucia. Faire ses bagages ne lui prit guère plus de temps. Elle mit l'antique coffret en bois dans son sac à dos. Tous ses vêtements entraient facilement dans l'unique petite valise qu'elle possédait.

Alek ne cacha pas son étonnement quand il la vit revenir dans le salon.

— C'est tout ? dit-il en lui prenant la valise des mains.

— Je n'ai pas besoin de grand-chose.

Toutefois, Hester ne le suivit pas quand il se dirigea vers la porte.

— Êtes-vous sûr de ce que vous faites, Votre Altesse ?

Il s'immobilisa et se tourna vers elle.

— Bien sûr, dit-il avec une arrogance toute princière. Et à partir de maintenant, vous devez m'appeler Alek, et nous devons nous tutoyer.

— D'accord, dit-elle en hissant son sac sur son dos.

— Maintenant, répéta-t-il. Entraîne-toi pour que ça vienne naturellement. Appelle-moi Alek.

— Je le ferai.

Il ne bougea pas, visiblement résolu à lui barrer le passage. Soudain consciente de sa présence si proche, elle frissonna ; malgré son trouble, elle réussit cependant à soutenir son regard.

— Répète : « Alek est merveilleux », ordonna-t-il.

— Alek est autoritaire.

Il recula d'un pas et elle respira plus librement. Mais le sourire diabolique qu'il lui adressa lui fit comprendre qu'il reviendrait à la charge.

— Pas mal, dit-il. Ça ira pour le moment.

3.

Quand Alek avait décidé quelque chose, il ne perdait pas de temps, songea Hester alors qu'elle quittait, à la suite du prince, le campus où elle avait vécu ces trois dernières années.

— J'ai l'impression que vous… que *tu* obtiens toujours ce que tu veux.

— Ah bon ? Moi, j'ai plutôt l'impression que pendant quelque temps, ça ne sera pas aussi facile que d'habitude.

— J'espère que cela ne te contrarie pas trop, dit-elle avec un sourire ironique.

— Pas du tout. J'aime les défis.

Une chose était sûre : la séduire ne représenterait jamais un défi pour ce play-boy notoire. Mais ces considérations passèrent au second plan quand elle vit les trois 4-4 surveillés par des gardes du corps qui les attendaient devant le bâtiment abritant les appartements des étudiants. Ils ressemblaient plus à des chars qu'à des voitures. Décontenancée, elle suivit Alek qui se dirigeait résolument vers le véhicule du milieu. Une fois à l'intérieur, malgré l'habitacle spacieux, elle éprouva la même nervosité que quand il s'était approché d'elle dans l'appartement.

Elle était si troublée par sa présence magnétique que le trajet jusqu'à l'aéroport se déroula dans une sorte de brouillard. Une hôtesse en uniforme les accueillit devant une porte latérale et les escorta directement à leur avion.

— Tout le monde est à bord, monsieur. Nous pourrons décoller dès que vous serez installés.

Hester n'était pas au bout de ses surprises. L'avion ne ressemblait pas à l'un de ces jets privés qu'elle avait vus au cinéma. C'était un avion de ligne, mais aménagé comme un appartement luxueux. L'hôtesse les avait conduits dans un vaste salon, avec des canapés et des fauteuils disposés autour de tables en acajou. Des miroirs et du marbre noir délimitaient les différents espaces. Alek l'invita à s'asseoir dans un des larges fauteuils de cuir beige.

— Je te ferai visiter l'appareil une fois que nous aurons atteint notre altitude de croisière. Donne-moi ton sac.

Dans ce sac se trouvait la boîte qui contenait ses possessions les plus précieuses. Il perçut sa réticence, car il ajouta :

— Je le range dans ce compartiment, à côté de ton siège.

Puis il s'assit dans le fauteuil en face d'elle.

— J'ai engagé une styliste qui nous accompagne à Triscari. Tu pourras donc profiter du vol pour essayer ta nouvelle garde-robe. J'ai aussi fait préparer par mon assistant un document à ton intention, où figurent toutes les informations qui pourront t'être utiles.

Hester ne put qu'acquiescer quand il lui tendit une tablette qu'il avait sortie d'un autre tiroir caché. Tout était si nouveau pour elle ! Pour la première fois de sa vie, elle allait quitter son pays. Elle allait épouser un homme appelé à devenir roi. Dans l'espoir de calmer les battements erratiques de son cœur, elle ferma les yeux et prit plusieurs profondes inspirations pendant le décollage. Quand elle sentit que l'avion avait cessé de monter, elle ouvrit les yeux.

— Viens, dit Alek.

Il se leva et, voyant qu'elle se débattait avec sa ceinture, il se pencha pour l'aider. Une fois debout, elle s'écarta de quelques pas. Décidément, elle avait beaucoup de mal à se comporter comme si la prévenance et la sollicitude du prince à son égard lui paraissaient naturelles. Elle dit la première chose qui lui passa par la tête pour masquer son trouble.

— Tous les avions privés sont aussi grands que celui-ci ?

— Non, dit-il avec un sourire suffisant. Le mien est le plus grand.

— Évidemment… Ton ego n'en exigeait pas moins.

— Aïe ! Tu sors tes griffes ! dit-il en éclatant de rire. Je comprends mieux pourquoi tu es copine avec ce matou sauvage !

Ils traversèrent une chambre à coucher attenante au salon privé, puis il la fit entrer dans une cabine qui ressemblait davantage à la classe affaires d'un avion ordinaire. La moitié des fauteuils était occupée par des gardes du corps. Le prince s'adressa à l'une des passagères.

— Votre équipe est prête, Billie ?

— Bien sûr, Votre Altesse, répondit une jeune femme mince en se levant.

En même temps qu'elle, trois autres personnes quittèrent leur siège.

— Je vous présente Hester, dit Alek quand ils furent revenus dans un deuxième salon. Occupez-vous bien d'elle.

Après avoir adressé un petit sourire moqueur à Hester, il repartit à l'avant de l'avion, la laissant désemparée. Qu'était-elle censée faire ? Billie avait dû lire dans ses pensées, car elle annonça :

— Nous sommes là pour vous aider, mademoiselle Moss.

Hester ne tarda pas à faire connaissance avec cette « équipe » qu'Alek avait évoquée. Il y avait un coiffeur, son assistant, et une esthéticienne. Tous faisaient de leur mieux pour masquer la curiosité que cette fiancée sortie de nulle part leur inspirait.

— Cela vous ennuierait de détacher vos cheveux ? demanda Billie.

Après une brève hésitation, Hester obtempéra. Ces gens

étaient des professionnels engagés par Alek, elle devait leur faire confiance.

— Je n'attends pas de miracle. J'ai seulement besoin que vous fassiez de moi une épouse de roi présentable, dit-elle en ôtant l'élastique qui retenait ses cheveux.

Sous les quatre paires d'yeux qui l'examinaient de la tête aux pieds, elle se sentit intimidée. Mais avec des vêtements bien coupés et une apparence soignée, Hester ne doutait pas qu'elle pourrait ressembler à une princesse à peu près crédible.

— Ce ne sera pas difficile, déclara Billie après quelques secondes qui lui parurent interminables. Pas difficile du tout. J'ai embarqué avec quelques robes. Je vous propose de les essayer. Ensuite, je les ajusterai à votre taille pendant que l'esthéticienne s'occupera de vous. Cela vous convient ?

— Bien sûr, merci.

Ébahie, Hester regarda Billie déballer des habits de leur housse pendant que Jon, le coiffeur posait ses ustensiles sur la table.

— Vous avez dû courir pour parvenir à trouver tout ça en si peu de temps, fit-elle remarquer.

Un large sourire éclaira le visage de Billie.

— Oui. Mais le jeu en valait la chandelle, répondit-elle. Une mission comme celle-ci ne se présente qu'une fois dans une vie.

Une fois dans une vie… C'était exactement ce que ressentait Hester, car il s'agissait d'une mission pour elle aussi. Elle allait apprendre tout ce qu'il y avait à savoir pour tenir son rôle. Elle se sentait même capable d'exceller sur certains points. Mais en ce qui concernait l'apparence et les vêtements, elle devait s'en remettre à l'expertise de Billie et de son équipe. Elle n'avait jamais été coquette. Elle n'avait jamais eu envie qu'on la remarque. Se fondre dans la masse lui avait paru le plus sûr moyen de se préserver des coups et des railleries.

Mais à partir d'aujourd'hui, la discrétion n'était plus de mise, alors elle avait besoin d'une armure. Et quelle meilleure armure que l'apparence ?

La séance d'essayage dura près d'une heure. Les tissus étaient merveilleusement doux et fluides… Petit à petit, sa nervosité se dissipa et elle commença à prendre du plaisir à jouer au top-modèle.

— Maintenant que j'ai vos mensurations, je vous trouverai d'autres tenues une fois que nous serons à Triscari, promit Billie.

Hester ne put masquer sa surprise, vu la pile considérable de vêtements qu'elle avait essayés.

— J'ai besoin de davantage de tenues ? demanda-t-elle.

— Beaucoup plus, répondit Billie en raccrochant les vêtements sur des cintres. Il n'y aura pas que les séances de photos et les apparitions publiques. Vous devez être habillée pour la vie quotidienne au palais.

Hester retint un fou rire nerveux. Cette conversation lui paraissait irréelle.

Puis elle s'abandonna aux mains expertes de l'esthéticienne, et les heures de vol passèrent sans qu'elle s'en rende compte. Plongée dans le guide qu'Alek lui avait remis, elle n'eut pas besoin de faire la conversation. Enveloppée dans un peignoir moelleux, elle resta ensuite sagement assise tandis que Jon et son assistant s'occupaient de sa chevelure.

— OK, dit Jon. Vous pouvez passer sous la douche, puis nous allons les sécher.

— Une douche ? Sérieusement ? Dans un avion ?

— Eh oui ! répliqua Jon avec un sourire. On n'arrête pas le progrès !

Alors qu'elle s'habillait, Hester se demandait ce qu'Alek allait penser de sa transformation. Elle ne s'attendait pas à ce qu'il la trouve *séduisante*, mais elle se sentait différente. Billie et son équipe l'avaient si bien dorlotée et pomponnée qu'elle avait le sentiment, pour la première fois de sa vie, d'être une créature précieuse. Et elle se sentait incroyablement sensuelle.

Alek était très satisfait. Il avait commencé cette journée furieux et frustré, avant de reprendre le contrôle de la situation. Cette visite à Fi, décidée sur une impulsion après une énième dispute avec Marc, son directeur de cabinet, s'était révélée une idée lumincusc.

Il avait complètement oublié l'existence de la discrète secrétaire de sa sœur. Certes, elle n'était pas la mariée la plus glamour du monde, mais elle était parfaite pour le rôle.

Toutefois, quand il l'avait convaincue de se prêter à cette parodie de mariage, il n'avait pas prévu que la réserve teintée de détermination de la jeune femme attiserait sa curiosité. Il savait si peu de choses sur elle…

Perdu dans ses réflexions, il leva machinalement les yeux quand il entendit la porte de son salon privé s'ouvrir sur… une déesse !

Hester Moss.

Il cligna des yeux pour se convaincre qu'il n'était pas victime d'une hallucination. Mais quand l'apparition baissa les yeux comme si elle redoutait son verdict, il fut convaincu de sa réalité.

— Alors, j'ai réussi l'examen ? demanda-t-elle.

Il était incapable de *réfléchir*, mais aucun détail ne lui échappa. Ses cheveux lâchés. Ses lunettes qui avaient disparu, tout comme ses vêtements trop amples, avantageusement remplacés par une robe qui soulignait ses courbes féminines.

Quand il parla, il n'avait pas encore retrouvé son souffle.

— Je trouve que c'est charmant, dit-il.

— *Charmant* ? Oh ! ça valait vraiment la peine, alors ! dit-elle en se laissant tomber dans le fauteuil à côté du sien.

Il sourit en réponse au sarcasme – mérité – que lui valait son stupide compliment, mais il ne pouvait pas avouer ce qu'il pensait réellement de sa métamorphose. Ni décrire la réaction incontrôlable qu'elle avait déclenchée en lui.

Ravalant sa déception devant sa réaction mitigée, Hester retrouva vite son attitude imperturbable. Il eut envie de revoir, sous ce vernis, l'étincelle qui avait brièvement fait luire ses yeux comme ceux d'une lionne un instant auparavant.

— Tu y vois sans lunettes ? demanda-t-il.

— Tant qu'on ne me demande pas de lire…

Après l'avoir attentivement étudiée, il se pencha vers elle.

— Tes cils sont…

— Je sais. C'est un truc dans les gènes. N'essaye pas de tirer dessus pour voir s'ils sont vrais.

Comme si cette idée lui serait venue ! Qui ferait une chose pareille ? Quelqu'un lui avait-il tiré les cils dans le passé ? Cela paraissait inconcevable. Il devait reconnaître qu'elle possédait les cils les plus fournis, les plus noirs qu'il ait jamais vus.

— Je te crois, lui assura-t-il. Et je pense que tu seras parfaite sur le portrait pour le communiqué de presse.

— Un portrait ? s'exclama-t-elle, incrédule. Ne me dis pas que tu as aussi embarqué un photographe…

Il rit, ravi de voir qu'elle se détendait.

— Je suis quelqu'un de très organisé. Tu t'y habitueras.

Il appuya sur un bouton placé dans l'accoudoir et le photographe apparut. L'homme accueillit avec enthousiasme les suggestions d'Alek. Enfin, il demanda s'ils voulaient des photos montrant la bague de fiançailles.

— Ce sera pour plus tard, répondit Alek. Pour l'instant, débrouillez-vous sans.

Hester avait l'air si raide qu'Alek fut tenté de l'aider à se détendre, mais il renonça, de crainte qu'elle n'apprécie guère le moyen auquel il songeait. De plus, cela était exclu de leur marché. Dire qu'il lui avait assuré avec désinvolture qu'il était capable de rester abstinent pendant un an… *Un an !* Cela lui semblait une éternité à présent. Pas de sexe. Pas de contact physique. Deux malheureux baisers, et c'était tout. Comment avait-il pu avoir la présomption de croire, quand il avait fait cette promesse, que cela ne lui poserait aucun problème ? Quelques heures seulement s'étaient écoulées et déjà il voyait Hester sous un autre jour. Cela ne pouvait tout de même pas venir de sa métamorphose ? Il n'était pas aussi superficiel que cela. À moins que, comme un enfant gâté, il ait envie de goûter au fruit défendu ?

— On peut essayer avec vous deux en train de vous regarder ? demanda le photographe. Hum… Oui, comme ça.

Alek contempla le visage féminin levé vers lui. Elle était éblouissante et il ne comprenait pas comment il ne s'en était pas rendu compte tout de suite. Elle était plus que belle. Ses yeux dorés, ses cils incroyables, ses lèvres pulpeuses retroussées en une moue boudeuse, l'horripilante impression de sérénité qu'elle dégageait… Il ne put résister à l'impulsion de poser une main sur sa taille pour l'attirer un peu contre lui. Il la sentit retenir son souffle un instant, mais elle ne protesta pas.

— C'est mieux, dit le photographe. Vous pensez que vous pouvez sourire un peu ? Oui ! Génial !

Alek s'était arraché à la contemplation avide de ses lèvres féminines et quand leurs regards s'étaient accrochés, il avait vu briller une lueur amusée dans celui de sa compagne. Comme s'ils s'étaient donné le mot, ils laissèrent échapper simultanément un petit rire. Puis il apparut. Ce sourire irrésistible qui le faisait fondre. Une sensation de chaleur le submergea. Il en voulait davantage. Il voulait être seul avec elle. Il voulait la faire sourire de nouveau, mais sans témoin.

— Nous allons nous changer avant une autre série, annonça-t-il au photographe.

— Bonne idée, dit Hester, avant de quitter le salon.

Sans réfléchir, Alek la suivit dans la chambre en commençant à déboutonner sa chemise.

— De quelle couleur… Oh !

Les yeux ronds rivés sur le torse d'Alek, elle ne termina pas sa phrase. D'un roulement d'épaules, il se débarrassa complètement de sa chemise et il se délecta du regard admiratif de sa compagne. Il ne put se retenir de la taquiner.

— Tu as un problème ?

Il avait beau fanfaronner, c'était bel et bien lui qui avait un problème. *Pas de sexe pendant un an ?*

— Je… Je dois me changer, balbutia-t-elle.

— Eh bien, change-toi.

En un geste théâtral, il lui tourna le dos et ouvrit le placard où se trouvaient ses chemises.

— Je suis désolée, je n'avais pas compris que nous étions dans ta chambre quand nous avons rangé tous les vêtements, dit-elle d'une voix à peine audible.

— Ça ne me gêne pas, Hester.

Il était évident, toutefois, que cela la gênait. Son maintien élégant, son assurance, son air efficace avaient disparu. Il la troublait, et ce constat lui fit plaisir. Mais il voulut prouver à Hester – et à lui-même – qu'il pouvait se comporter en parfait gentleman.

— Préviens-moi quand je pourrai me retourner, dit-il.

Une fois sa nouvelle chemise boutonnée, il attendit. Le silence interminable fut rompu quand Hester toussota pour s'éclaircir la gorge.

— Euh… Pourrais-tu m'aider avec la fermeture Éclair ? demanda-t-elle.

Oh ! c'était donc ça, le problème ? Quand il se retrouvait en tête à tête dans une chambre avec une femme, les choses n'étaient généralement pas aussi compliquées. La situation lui parut surréaliste.

— Bien sûr, répondit-il en mordant sa lèvre pour ne pas éclater de rire.

Mais quand il eut pivoté sur lui-même, il se figea en découvrant son dos dénudé. À présent, c'est lui qui n'en menait pas large. Sa chevelure châtaine aux reflets dorés retombant en cascade sur la peau diaphane de son dos lui parut une invitation à la caresse. Mais il réussit à se maîtriser et il veilla, en prenant les pans du tissu entre ses doigts, à ne pas lui effleurer la peau. Lentement, il remonta la fermeture Éclair, soustrayant à son regard avide toute cette chair qui l'attirait comme un aimant. Quand il eut terminé, il recula d'un pas.

C'est à cet instant précis qu'elle se tourna et qu'il surprit la flamme passionnée qui dansait dans ses prunelles dorées. Ce désir à peine voilé lui coupa le souffle.

— Finissons-en, murmura-t-elle avant de quitter la chambre précipitamment.

— D'accord, acquiesça-t-il en la suivant dans le salon où les attendait le photographe.

C'était la première fois de sa vie qu'Alek se retrouvait à court de mots face à une femme, et il eut besoin de quelques minutes pour que sa respiration retrouve un rythme normal. Quelques minutes durant lesquelles il devait fixer un appareil-photo et sourire comme s'il vivait le jour le plus heureux de sa vie. Profitant d'une pause, un peu plus tard, il prit Hester par la main et l'entraîna vers l'extrémité opposée du salon.

— Tu commences à en avoir assez ? demanda-t-elle.

— Oui, admit-il.

— Ça doit être pénible de se savoir observé à chaque instant.

— On apprend à l'oublier.

— Et à faire comme si c'était normal ?

Un sourire espiègle étira les lèvres de la jeune femme

tandis qu'elle balayait du regard les nombreuses œuvres d'art qui décoraient le salon de l'avion.

— Comme si tout ceci était normal ? ajouta-t-elle.

— C'est normal pour moi, répondit-il d'un ton désabusé.

Du bout des doigts, il releva le menton d'Hester pour l'obliger à le regarder.

— Ça t'ennuie ? demanda-t-il.

À sa grande satisfaction, elle ne chercha pas à échapper à son contact. Elle se contenta de secouer la tête en signe de dénégation tout en soutenant son regard.

— Fabuleux ! s'exclama une voix masculine.

Alek se figea. Fasciné par le visage d'Hester, il avait complètement oublié la présence du photographe. À son expression stupéfaite, il vit qu'Hester aussi, et l'éclat de rire qui s'échappa de ses lèvres pulpeuses était le son le plus sexy qu'il ait jamais entendu. Il lui sourit et, instinctivement, l'attira contre lui. La tentation de goûter la douceur de ses lèvres se fit soudain plus pressante. Pendant quelques instants suspendus, il la scruta pour tenter de décrypter cette langueur qui l'avait radoucie. Se laisserait-elle amadouer et le laisserait-elle… ?

— C'est parfait ! lança le photographe.

Furieux de cette nouvelle interruption, Alek déclara la séance terminée et prit une profonde inspiration pour retrouver son sang-froid. Mais Hester s'était écartée et cet instant magique qu'il avait peut-être rêvé s'était évanoui. Assise dans son fauteuil, elle était plongée dans sa lecture sur cette maudite tablette qu'il regrettait à présent de lui avoir donnée.

Elle paraissait déterminée à collecter le plus d'informations possible pour bien jouer son rôle. Pourtant, elle prétendait se moquer de ce que les gens pensaient d'elle.

Intrigué, il l'étudia plus attentivement. Même vêtue d'une élégante robe de soie verte, elle lui faisait penser à un moineau soucieux de ne pas prendre trop de place, de crainte d'être chassé de sa branche. Pourquoi était-elle ainsi ? Pourquoi n'était-elle pas proche de sa famille ? Pourquoi n'invitait-elle pas d'amis à son mariage ? C'était d'autant plus surprenant que, malgré sa nature réservée, il devinait une gentillesse, une véritable générosité chez elle. Fi aussi l'avait remarqué, il en était sûr, et elle appréciait énormément Hester. Fiorella, malgré sa jeunesse, était un bon juge des caractères. Elle s'inquiétait pour la jeune femme. Tout comme lui, avait-elle décelé sa fragilité sous une sérénité de façade ?

Hester leva brusquement les yeux vers lui.

— Ce n'est pas suffisant, dit-elle.

— Pardon ?

— Je sais tout à présent de l'histoire, de la géographie et de la vie politique de Triscari, mais je ne sais rien sur *toi*.

Elle s'intéressait donc un peu à lui ?

— Si je dois convaincre les gens que nous formons un véritable couple, je dois en savoir un peu plus sur ta personnalité, ajouta-t-elle.

— Tu veux connaître mon profil Tinder ?

Il rit quand elle lui lança un regard noir, mais il reprit son sérieux pour répondre à la question.

— J'aime les chevaux. Et jouer au polo. Je suis Scorpion. Il paraît que cela fait de moi un homme passionné…

— Quels sont tes points faibles ? le coupa-t-elle d'un ton blasé. Qu'est-ce que tu détestes ?

— Je déteste les cornichons. Et je déteste qu'on me dise ce que je dois faire.

— Quoi d'autre ? demanda-t-elle.

— Tu ne prends pas de notes ?

— Je ne vais rien oublier. *Déteste passionnément les cornichons. Et ne pas lui dire ce qu'il doit faire*, répéta-t-elle avant de hausser les épaules. Pas très difficile à retenir.

Avec une certaine perversité, il songea qu'il ne refuserait pas d'obéir à certains ordres si c'était elle qui les donnait.

— Et toi, quels sont tes points faibles ? demanda-t-il à son tour.

Le regard d'Hester fixa un point, derrière lui.

— Je n'en ai pas, répondit-elle.

Il ne fut pas dupe de sa pirouette, qui était en réalité une fin de non-recevoir. Généralement, il ne se préoccupait guère de ne pas savoir grand-chose des femmes avec lesquelles il sortait, mais Hester allait devenir *sa femme*. Il devait pouvoir lui faire confiance. Or elle n'hésitait pas à lui mentir et il ne pouvait l'accepter – même si elle cherchait avant tout à se protéger.

— Tu veux connaître des détails personnels sur moi, mais tu refuses de rendre la pareille ?

— Je t'ai déjà dit tout ce qu'il y avait à savoir sur moi.

Si elle pensait que son ton sans réplique le découragerait, elle se trompait. En fait, la lueur belliqueuse qu'il vit dans ses yeux renforça sa propre détermination. Pour endormir sa méfiance, il allait commencer par l'interroger sur les détails sans importance. Ensuite, il pourrait passer aux choses sérieuses.

— Pizza préférée ? demanda-t-il.

— Tomate-mozza.

— C'est tout ? Pas de câpres, d'olives, de piments ? Tu rates le meilleur.

Au fond, cette frugalité ne l'étonnait pas, car cela cadrait avec ce qu'il savait d'elle.

— Tu pourrais te laisser tenter, Hester. Ou penses-tu que tu ne mérites pas un petit extra ?

— Ça n'a rien à voir avec ce que je mérite ou pas ! Je me satisfais de choses simples et ça me convient.

Il pouvait l'admettre. Mais le fait qu'elle ne veuille même pas *goûter* quelque chose de nouveau était révélateur.

— As-tu peur de prendre des risques, Hester ?

— Oui, admit-elle sans détour. J'ai trop lutté, trop longtemps, pour obtenir ce que je possède.

Son aveu le surprit doublement. D'abord, elle ne possédait pas tant que ça. Ensuite, elle avait pris un risque énorme avec lui et elle faisait preuve d'une remarquable capacité d'adaptation face aux obstacles qui se dressaient sur son chemin.

— Et pourtant, tu m'as dit « oui ». Tu as accepté ce mariage décidé sur un coup de tête.

— Parce que la proposition était trop belle pour que je la refuse.

— Tu veux dire : à cause de l'argent, pas pour le plaisir de ma compagnie ?

Ses magnifiques yeux ambrés clignèrent brièvement, mais son regard ne vacilla pas.

— Oui, répondit-elle.

Sa voix s'était légèrement voilée et il se plut à penser qu'elle mentait de nouveau, convaincu qu'elle était tout sauf matérialiste. Il était prêt à parier une fortune que ce n'était pas l'appât du gain qui la motivait. Était-ce une question de liberté ? En avait-elle assez des fins de mois difficiles ? Aspirait-elle à la liberté de ne plus avoir à travailler pour vivre ?

— Je suis désolé, mademoiselle Moss, mais nous allons pourtant devoir passer beaucoup de temps ensemble durant les mois qui viennent…

Il se pencha vers sa compagne et lui dédia un sourire, avant d'attacher sa ceinture de sécurité en prévision de l'atterrissage.

— Je ne sais pas grand-chose sur toi, poursuivit-il. Mais je suis impatient de mieux te connaître.

4.

Vu du ciel, l'archipel de Triscari ressemblait à un collier d'émeraudes posé sur l'azur scintillant de la Méditerranée. Le spectacle était d'une beauté à couper le souffle, et Hester avait de plus en plus l'impression de vivre un rêve.

Elle connaissait un peu Triscari, car elle avait fait des recherches quand elle avait été choisie pour partager l'appartement universitaire de la princesse Fiorella. Mais durant le vol, elle avait approfondi ses connaissances sur la situation économique – florissante – et politique du royaume insulaire. Dans cette monarchie parlementaire, le roi était le garant de la stabilité et des droits de son peuple. Il se chargeait également de promouvoir son royaume sur la scène internationale.

Malgré l'heure matinale, l'air était doux. Par la vitre de la voiture qui les emmenait au palais, elle découvrit avec émerveillement le cadre enchanteur où elle allait vivre durant les prochains mois. Elle savait que le palais se trouvait au centre de la capitale, et qu'un château surplombait la mer depuis le haut d'une falaise. Ces deux résidences royales avaient été construites respectivement pour le roi et la reine quatre siècles auparavant. Selon la légende, leur mariage arrangé avait été un échec. Le couple avait préféré vivre chacun de son côté, entouré de leurs cours qui rivalisaient de splendeur.

— Quel endroit paradisiaque ! dit-elle. Tu as de la chance de vivre ici.

— J'en suis conscient, admit-il. J'aime mon pays et je ferais n'importe quoi pour lui.

— Même te marier ?

— Même me marier. Grâce à toi.

La mine de martyr qu'il arbora la fit rire.

— Tu vis dans le palais ?

— C'est la résidence officielle du roi. Le château de la reine n'est plus utilisé que pour des dîners d'apparat. La tradition veut que la future reine y passe la nuit précédant son mariage. La foule s'amassera sur le trajet pour te voir quand tu te rendras à la chapelle du palais, où aura lieu la cérémonie.

Des officiels à l'expression sévère les attendaient dans un grand salon. Dans leurs costumes sombres, ils la firent penser aux membres d'un tribunal qui devait la juger. Ils avaient du mal à dissimuler leur curiosité et leur incrédulité. Néanmoins, ils s'inclinèrent avec respect devant eux.

— Personne ne sait rien d'Hester ni de notre relation, dit Alek quand les présentations furent terminées. Afin d'éviter que la presse ne publie des histoires trop fantaisistes, nous allons leur donner quelques informations. Nous ferons une sortie ensemble pour officialiser nos fiançailles, mais je veux qu'Hester ait le temps de s'adapter.

— Bien sûr, Alek, dit l'un des hommes. Généralement, une princesse a des assistantes pour la guider. Je pensais que peut-être…

— Je serai son guide, l'interrompit Alek. Si nous avons besoin d'aide, je vous le ferai savoir. Je reviendrai sous peu pour faire un point sur les dossiers en cours, mais je dois d'abord conduire Hester à ses appartements.

De toute cette conversation, Hester n'avait retenu qu'une chose.

— Vais-je devoir prendre la parole en public lors de cette sortie officielle ? demanda-t-elle dès qu'ils furent seuls.

Cette pensée la terrifiait, même si elle était bien décidée à n'en rien montrer et à faire ce qu'on attendait d'elle.

— Tu ne parleras qu'à une personne à la fois, la rassura-t-il. Pas de discours face à la foule. Nous devons enregistrer une interview, mais ce ne sera pas en direct, je serai à côté de toi et nous recevrons les questions en avance, ce qui te permettra de préparer tes réponses. Si tu souris, nous nous en tirerons haut la main. Tu as un joli sourire.

— Je sais faire plus que sourire, tu sais.

La bouche d'Alek s'incurva en une moue amusée.

— Vraiment ? Tu penses que tu pourrais aussi me regarder d'un air adorateur en public ? Ça conforterait notre histoire. Et m'appeler Alek, aussi ?

Elle leva les yeux au ciel, faussement excédée.

— Tu es intraitable !

— Pas autant que les conseillers dont tu viens de faire la connaissance, répliqua-t-il dans un soupir. J'en ai hérité de mon père et ils s'accrochent à leurs habitudes. Le changement est inévitable, mais il est aussi inévitablement lent.

— Certaines personnes redoutent le changement, dit-elle.

— Tu en fais partie ?

— Bien sûr ! admit-elle en riant. Mais j'ai bien l'intention de donner le change.

— J'ai l'impression que tu fais ça souvent, dit-il en s'approchant d'elle. Cacher tes sentiments… Tu y parviens très bien, d'ailleurs.

— Est-ce un compliment ou une critique ?

— C'est simplement une remarque.

Sa voix grave avait baissé d'un ton, prenant cette nuance sensuelle et complice qui la déstabilisait.

— Une remarque dénuée de jugement ? dit-elle. Ça n'existe pas.

— C'est vrai. Toi-même, tu m'as jugé sans me connaître et tu m'as implicitement reproché mon style de vie débauché.

Prise en faute, elle lutta contre la rougeur qu'elle sentait lui monter aux joues.

— Je n'aurais pas cru que tu serais aussi sensible à un commentaire anodin.

— Ce n'était pas anodin, et tu continues à me juger en ce moment même, la taquina-t-il. Alors que tu ne sais rien de moi, si ce n'est une liste de goûts qui peut changer d'un instant à l'autre.

— Ce sont ces petits détails qui nous aideront à rendre notre relation crédible. Je n'ai pas besoin d'en savoir davantage…

— Tu ne veux pas des détails plus intimes ou personnels ?

Ces maudites fossettes creusaient de nouveau ses joues, et il était si beau que c'en était scandaleux. Elle résistait de toutes ses forces à l'attirance qu'elle éprouvait pour lui, mais elle ne s'était pas sentie aussi proche de quelqu'un depuis des années. Échaudée par la malveillance physique et verbale qu'elle avait subie, elle se méfiait instinctivement des gens, et elle veillait toujours à garder ses distances avec les autres.

— Je vais être ton mari, fit-il remarquer.

— Non, mon patron. Dois-je te rappeler que je suis rémunérée ?

— Dis-moi plutôt de quoi tu as peur…

Comme si c'était la chose la plus naturelle du monde, il effleura son visage d'une caresse aérienne. Prise au dépourvu par ce geste inattendu, elle se figea. La tension était palpable et elle se sentit soudain écartelée entre l'envie de fuir et celle de se jeter dans ses bras virils. Heureusement, au moment où elle crut qu'elle allait céder, il s'écarta.

— Viens, je vais te conduire à tes appartements.

Elle le suivit dans d'interminables couloirs aux murs ornés de tableaux et de portraits.

— Je ne vais jamais retrouver mon chemin, dit-elle. Il me faudrait des miettes de pain ou des petits cailloux.

Il éclata de rire en ouvrant une porte massive.

— Nous voilà arrivés !

Elle s'immobilisa sur le seuil, déroutée par la taille et la décoration chargée de ce qui ressemblait à une antichambre.

— Les appartements privés occupent deux étages de cette aile du palais, expliqua Alek. Tu as un salon, un bureau, une petite cuisine, une grande chambre et une petite, un balcon invisible de l'extérieur et, bien sûr, une salle de bains. Tu peux tout redécorer à ton goût si ça ne te plaît pas.

— Tout cet espace pour moi toute seule ? demanda-t-elle, trop intimidée pour s'avancer dans l'appartement.

— Une année, c'est long. Je veux que tu te sentes comme chez toi, ici. Tu auras ton intimité et de la place. Tu peux t'installer une bibliothèque remplie de romans policiers, si ça te chante.

Surmontant son choc initial, Hester entra dans le vaste salon. De toute sa vie, personne ne lui avait fait un tel cadeau. Elle ne s'était jamais sentie chez elle nulle part. La générosité d'Alek la bouleversa.

— Tu as une vue magnifique sur la mer, poursuivit-il en se dirigeant vers l'une des fenêtres.

Elle fixait obstinément le sol de peur que les larmes d'émotion qui lui brûlaient les yeux ne se déversent en un torrent irrépressible.

— Ça ne te plaît pas ?

— Non.

Quand elle comprit que sa réponse prêtait à confusion, elle se reprit :

— Non… Je voulais dire que… c'est très bien.

— Dans ce cas, pourquoi as-tu l'air… d'avoir envie de pleurer ?

Pourquoi n'était-elle soudain plus capable de maîtriser ses émotions ?

— Je ne pleure pas !

C'était vrai. Jusqu'à présent.

— Jamais ?

— Et toi ? rétorqua-t-elle en ravalant ses larmes.

Si elle avait espéré le déstabiliser en lui retournant sa question, elle en fut pour ses frais. L'intensité du regard qu'il posa sur elle acheva de lui faire perdre pied.

— Hester…

— Je vais bien, dit-elle. Je n'ai jamais eu un endroit aussi grand pour moi toute seule, c'est tout.

Cet aveu lui avait échappé. Elle n'avait pas pour habitude de se confier, mais elle voulait qu'il sache qu'elle appréciait les efforts qu'il faisait pour qu'elle se sente bien au palais. Personne n'avait montré autant de prévenance à son égard depuis la mort de ses parents. Elle était profondément bouleversée.

— Personnellement, je déteste le papier peint, dit-il.

Soulagée par ce brusque changement de sujet, elle leva enfin la tête et vit qu'il désignait la tapisserie aux larges motifs floraux verts et noirs.

— Reconnais qu'il est vraiment trop chargé !

Elle ne put retenir un petit rire. Pourtant, en même temps, une larme s'échappa, qu'elle essuya vivement. Si Alek avait remarqué son geste, il n'y fit pas allusion.

Il glissa un doigt à l'endroit où la tapisserie touchait le cadre de la fenêtre et il arracha un morceau de papier peint.

— *Alek !* s'exclama-t-elle.

— Oh ! si tu prononces mon nom avec cette nuance de reproche devant les journalistes, ils vont adorer !

L'intonation enjôleuse de sa voix déclencha une explosion de chaleur en elle. Ce fut comme si tout son corps prenait conscience de la présence du prince. Décidément, elle était une proie facile pour un séducteur tel que lui ! Elle avait beau lutter, il faisait naître en elle des sensations inconnues, et elle ne pouvait s'empêcher, quand il était près d'elle, de se demander ce qu'elle ressentirait si elle était nue dans ses bras. Elle n'avait jamais nourri ce genre de fantasmes avec aucun homme.

— N'aie pas peur de demander ce que tu veux, Hester, dit-il d'une voix suave. Tu peux abattre des murs, arracher la moquette… Ce que tu veux.

Dans l'état d'esprit où elle était, elle n'avait pas compris d'abord qu'il parlait de la décoration de l'appartement. Et elle s'était laissé entraîner à *vouloir* quelque chose qui était formellement interdit.

— Ne t'inquiète pas pour le budget. Je n'aurai qu'à vendre l'un de mes pur-sang.

— Je pensais que tu aimais tes chevaux par-dessus tout.

— Plus que ma couronne et ma sœur ? la taquina-t-il. Ou ma vie de play-boy ?

Elle préféra éviter de poursuivre sur cette pente glissante.

— Tu vis dans cette aile, toi aussi ? demanda-t-elle.

— Mon appartement communique avec le tien. C'est mieux si nous sommes près l'un de l'autre.

— Je comprends. Notre histoire paraîtra plus réaliste, et personne ne se doutera que nous jouons un rôle.

Ce n'était plus tout à fait vrai pour elle, car elle avait de plus en plus de mal à envisager leur relation comme un simple contrat, où les sentiments n'avaient pas leur place. Mais elle ne tenait pas à partager ses affres avec Alek.

— Cela ne nous empêche pas d'être amis, Hester.

Elle n'avait pas d'amis. Seulement des connaissances et des collègues. Après les rebuffades répétées qu'elle avait subies, elle n'avait plus confiance en personne. Elle ne s'était plus jamais liée avec quelqu'un. Pas même avec la princesse Fiorella, dont elle était pourtant proche.

Mais, de toute évidence, Alek attendait un peu plus d'elle.

De son côté, Hester était revenue sur sa première impression – négative – du prince, et elle ne voyait aucune raison de ne pas lui accorder sa confiance et son amitié, si ce n'était cette attirance irrésistible et inquiétante... Le plus étonnant était que, sans rien faire ou presque, il l'avait déjà à moitié séduite. Était-elle donc frivole au point d'avoir été subjuguée par sa beauté physique ?

— Bien sûr que nous pouvons être amis, dit-elle d'un ton qu'elle voulait convaincant. Et je sens que je vais me plaire dans mes appartements, malgré la tapisserie déchirée. Tu peux aller rejoindre tes conseillers qui doivent s'impatienter.

— Tu me congédies ?

Son expression légèrement outrée la fit sourire.

— Tu n'es pas habitué ?

— Tu sais bien que non.

— Tu t'y feras.

— Et si je n'ai pas envie de m'habituer ? demanda-t-il en revenant vers elle.

Hester cessa de sourire et s'immobilisa. Pendant un long moment, ils se toisèrent en silence. Puis, il recula et elle aperçut ses fossettes.

— Tu ne te débarrasseras pas de moi aussi facilement. J'ai encore quelque chose à te montrer, dit-il.

— Ai-je besoin de mes petits cailloux ?

— Non, pas cette fois-ci, répondit-il en riant.

Elle le suivit au bout du couloir et franchit derrière lui une porte qui donnait sur un escalier en colimaçon. Celui-ci menait à une piscine fantastique, mi-extérieure, mi-intérieure, entourée d'une végétation luxuriante.

— Mon père l'a fait construire pour Fiorella. À la mort de notre mère, il est devenu très protecteur avec Fi, et le palais s'est un peu transformé en une prison dorée pour elle.

— Pour toi aussi, le palais était une prison ?

— J'étais plus âgé. Et j'étais un garçon. Il ne s'inquiétait pas pour moi comme il s'inquiétait pour elle.

— Elle m'a dit que tu avais plaidé auprès de votre père pour qu'elle puisse faire ses études à l'étranger. En échange, tu as promis de rester à Triscari pour assurer toutes les obligations officielles. Et maintenant que votre père est décédé, tu lui as dit qu'elle pouvait faire ce qu'elle voulait.

— Tout le monde devrait être libre de choisir sa vie. Fi est intelligente et ses études la passionnent. Elle mérite de pouvoir les terminer.

Sa remarque, et quelque chose dans son intonation, éveilla la curiosité d'Hester.

— Qu'aurais-tu fait si tu avais eu la liberté de choisir, comme Fiorella à présent ? demanda-t-elle.

— Je n'ai jamais eu le choix, Hester.

Il souriait, mais le cœur n'y était pas. Il fut dispensé de répondre par la sonnerie de sa messagerie. Il jeta un œil sur le téléphone et annonça :

— La styliste est arrivée pour les essayages de la robe de mariée.

Elle avait oublié cette nouvelle séance d'essayage, mais cette fois-ci, elle l'appréhendait avec impatience. En effet, très récemment, elle avait pris goût aux artifices de la toilette. L'expression du visage d'Alek quand elle l'avait rejoint après sa transformation dans l'avion avait été très gratifiante, même si la réaction du prince l'avait d'abord un peu vexée. Elle avait bien envie de le surprendre encore.

— As-tu une préférence pour un style de robe en particulier ? demanda-t-elle d'un ton délibérément détaché.

Il la contempla un instant, l'air songeur.

— Je suis sûr que tu auras l'air fantastique quelle que soit la robe que tu porteras. Mais je me demande si tu oseras sortir des sentiers battus, ou si tu t'en tiendras à une robe classique, ajouta-t-il avec une moue taquine.

Puis, visiblement ravi de lui avoir lancé ce défi, il l'invita à le suivre de nouveau et ils retournèrent dans l'appartement d'Hester où l'attendaient Billie et son équipe.

Alek était épuisé d'avoir étudié l'organisation quasi militaire du mariage avec ses conseillers. Il avait dû répondre à leurs innombrables questions. Les médias avaient déjà commencé le siège du palais. L'annonce surprise de son mariage avait créé un choc à travers le monde. Les chaînes d'information diffusaient en boucle l'unique photo d'Hester à leur disposition, l'une de celles prises à bord de l'avion, et toute la presse s'était mise en quête d'informations sur la future reine. Heureusement, la famille de la jeune femme était déjà dans l'avion pour Triscari et Alek s'était assuré que le wi-fi n'était pas disponible à bord. Ainsi, il aurait le temps d'orienter les spéculations sur sa fiancée dans le sens qu'il voulait.

En réalité, il en avait plus appris sur elle dans les quelques articles déjà parus que de la bouche de la jeune femme elle-même. Il doutait que le plus chevronné des reporters découvre quoi que ce fût. Elle était si secrète que même lui, qui était *avec* elle, avait du mal à cerner sa véritable personnalité.

— Alek ?

La voix d'un de ses conseillers l'arracha à sa rêverie et il se ressaisit. Les détails du mariage réglés, ils étaient passés aux affaires courantes. Il devait répondre à l'invitation de plusieurs chefs d'État, clarifier la position de Triscari sur un nouvel accord européen sur le climat, et enfin valider le programme de reproduction du haras.

En dépit de ses résolutions, ses pensées revenaient sans cesse vers Hester. Au bout de quatre heures, n'y tenant plus, il renvoya ses conseillers et ses assistants. De toute façon, il était trop distrait pour se concentrer et son rythme de travail s'en ressentait.

En temps ordinaire, il serait parti faire un tour à cheval pour se changer les idées. Mais aujourd'hui n'était pas un jour comme les autres et il ne pouvait pas quitter le palais, avec la meute de journalistes qui campait devant les grilles. Agacé de voir ainsi sa liberté entravée, il se dirigea résolument vers l'aile du palais qui abritait ses appartements. Il ne voulait pas admettre cependant qu'il se sentait attiré comme par un aimant vers l'endroit où se trouvait Hester.

Il réussit à ne pas s'arrêter quand il passa devant la porte de la jeune femme. Une fois qu'il fut dans sa chambre, il perçut le son léger d'un clapotis…

Quand il vit Hester dans la piscine, son sang se mit à bouillir dans ses veines. Qui aurait imaginé que, sous ses vêtements pratiques – et même sous ses nouvelles robes plus sophistiquées —, Hester Moss dissimulait ces courbes voluptueuses ? Son simple maillot de bain noir révélait un corps de déesse. En fin de compte, ce mariage ne serait peut-être pas aussi monotone qu'il l'avait imaginé.

Ragaillardi par cette idée, il ouvrit la porte donnant sur sa terrasse et dévala l'escalier de pierre menant à la cour intérieure.

Elle nageait tranquillement et n'avait pas remarqué sa présence. Ce n'est qu'une fois qu'elle se retourna qu'elle l'aperçut. Ses yeux s'écarquillèrent sous l'effet de la surprise.

— Que fais-tu ? Tu ne vas pas nager nu ? s'exclama-t-elle, scandalisée.

Sans même réfléchir à ce qu'il faisait, il avait ôté sa chemise. Il éclata de rire en voyant l'expression de la jeune femme.

— Détends-toi, dit-il. Ce n'est que de la peau. Et personne ne peut nous voir. Seules ta chambre, la mienne et celle de Fi donnent sur la piscine. Une loi interdit même de survoler le palais, il n'y a donc aucun risque d'être surpris par des paparazzis.

— Qu'importe ! Tu ne peux pas nager nu ! répéta-t-elle d'une voix étranglée.

Elle avait rougi et il ne pouvait nier que son embarras l'amusait terriblement.

— Ne sois pas si pudibonde, Hester.

— Tu n'en fais vraiment qu'à ta tête ! dit-elle, excédée.

— Pas toujours.

Comme en cet instant, par exemple. En proie à un désir foudroyant, il mourait d'envie de la toucher. Il n'ôta pas son boxer noir, mais il plongea rapidement dans l'eau pour qu'elle ne voie pas la réaction toute masculine qu'elle avait provoquée en lui.

— Comment s'est passée la séance d'essayage ? demanda-t-il quand il refit surface.

— Très bien.

À ses joues rosies et à sa respiration irrégulière, il voyait que sa présence la troublait, mais elle parvenait à afficher une expression impassible. Or c'était une vraie réaction qu'il aurait voulu provoquer. Puissante, viscérale, *incontrôlée*, car il devinait que ce qu'il éprouvait était réciproque.

Lentement, il nagea vers elle. Mouillés, les cils de la jeune femme soulignaient de façon spectaculaire la nuance rare de ses yeux dorés. Fasciné, il se laissa distraire un instant par la promesse sensuelle de ses lèvres pleines, mais, une fois encore, il parvint à maîtriser son envie de la toucher.

— Alek ? Que fais-tu ?

Un frémissement langoureux le parcourut, provoqué par l'intonation hésitante de sa voix. Il aimait l'entendre prononcer son nom.

— Raconte-moi comment l'essayage s'est passé, murmura-t-il. Et épargne-moi tes platitudes. Je veux savoir ce que tu ressens réellement.

— Pourquoi ? demanda-t-elle, méfiante.

— Parce que nous allons former une équipe, Hester. Nous devrions être capables de communiquer avec franchise l'un avec l'autre. Je sais que tu es très secrète, mais ce n'est pas si compliqué.

Tandis qu'il essayait de la convaincre, il se rendit compte cependant que la situation était au contraire devenue très compliquée. Pourquoi éveillait-elle sa curiosité ? Et que dire du désir brûlant qu'elle déclenchait désormais en lui ? Cette sensation n'était pas là la veille, quand il lui avait proposé de l'épouser. À présent, Hester l'obsédait. Il voulait la *connaître*, et pas seulement au sens biblique du terme. Il voulait connaître ses pensées. Il était conscient que pour la faire sortir de sa réserve, il lui faudrait des trésors de patience et de délicatesse.

En cet instant, pourtant, Alek se sentait tout sauf patient. Son cœur battait trop vite. Il ne put résister davantage au besoin de la toucher, de goûter sous ses paumes la douceur de sa peau. Comme mues par une volonté propre, ses mains se posèrent sur la taille de sa compagne, dont il savoura la cambrure avant de l'attirer plus près de lui.

Quand Alek l'enlaça, Hester posa instinctivement les mains sur les avant-bras du prince pour le repousser. Mais dès qu'elle sentit les muscles jouer sous sa paume, son pouls s'accéléra.

— As-tu décidé de me séduire ? demanda-t-elle dans un souffle.

Pour toute réponse, il se contenta de la regarder intensément. Perdue dans la profondeur insondable de ses yeux sombres, elle sentit ses peurs et ses doutes resurgir. C'était impossible qu'il soit réellement attiré par elle. Tout ceci n'était qu'un jeu pour lui. Quand elle reprit la parole, sa voix était teintée d'une pointe d'amertume.

— Que feras-tu, une fois que tu auras réussi ? demanda-t-elle. Tu te débarrasseras de moi comme d'un gobelet jetable ?

— Tu penses donc que je vais réussir ?

— Un homme de ton expérience réussira toujours avec une femme comme moi.

— Tu manques vraiment à ce point d'expérience ? demanda-t-il.

— Eh oui ! Dans ta quête de l'épouse idéale, tu as trouvé une vierge.

— Tu es *vierge* ?

Sous le coup de la surprise, il avait resserré son étreinte.

— Tu prétends que tu ne t'en doutais pas ?

— Comment aurais-je pu m'en douter ? J'avais compris que ta vie était très tranquille, mais ça, c'est…

— Sans intérêt, rétorqua-t-elle sèchement. Nous avons conclu un marché. Les relations physiques, mis à part quelques baisers, ne font pas partie du contrat.

Toutefois, malgré ses airs assurés, elle avait de plus en plus de mal à rester insensible au charme dévastateur de son « fiancé ». En se déshabillant à tout bout de champ, il ne lui facilitait pas la tâche. Et que dire de ses sourires irrésistibles… Si seulement il n'était pas aussi beau. Si seulement elle ne mourait pas d'envie qu'il la touche ! Jamais elle n'avait éprouvé un besoin aussi violent, aussi irrépressible.

— C'est ce que tu veux vraiment, Hester ? murmura-t-il d'une voix suave.

— Lâche-moi, s'il te plaît.

Il la souleva et l'assit sur le bord du bassin. Puis il s'éloigna en nageant tranquillement sur le dos.

— Que ce soit bien clair entre nous, mon cœur. Ce n'est pas grâce à mon « expérience » que je t'attirerai dans mon lit. Ce n'est même pas *moi* qui réussirai. Cela arrivera quand *tu* auras décidé que tu as envie de moi.

Parvenu à l'autre bout du bassin, il se hissa hors de l'eau, puis il se tourna vers elle.

— La décision est entre tes mains. C'est toi qui devras dire « oui ».

Honteuse du désir qui la consumait, elle le suivit d'un regard avide tandis qu'il s'en allait, ruisselant et sublime de beauté virile.

5.

Hester était satisfaite de son apparence. Sa robe était parfaite. Grâce à un entraînement intensif, elle n'éprouvait plus de difficultés à marcher avec des talons et elle était capable de ne pas cligner des yeux devant un mur de photographes. Elle était prête pour sa première interview télévisée et sa première apparition publique.

Alek l'attendait dans le couloir, devant ses appartements. Alors qu'elle venait de passer plus d'une semaine en sa compagnie, elle n'arrivait toujours pas à le regarder sans qu'une sensation de chaleur presque douloureuse s'insinue au creux de ses cuisses. Et aujourd'hui encore, cet effet se manifesta dès qu'elle posa les yeux sur lui.

Il avait apparemment été surpris d'apprendre qu'elle était vierge, et il n'avait pas caché qu'elle l'attirait. Mais elle ne se faisait pas d'illusions sur la possibilité d'une relation entre eux – au-delà de l'accord qu'ils avaient conclu. Ce qui n'empêcha pas les battements de son cœur de s'accélérer sous le regard appréciateur qu'il posait sur elle.

— J'aime bien quand tes cheveux sont lâchés, dit-il.

— J'en suis ravie, marmonna-t-elle. Ton compliment me va droit au cœur.

Sans se formaliser de ses sarcasmes, il lui décocha un sourire.

— Je savais que tu serais à la hauteur.

Il appuya sa remarque d'un petit rire grave qui la fit fondre.

Elle s'en voulut d'être aussi sensible à ses taquineries et à sa façon de toujours alléger l'atmosphère. Ce badinage était si nouveau pour elle !

— Tu te sens capable de me tenir la main ? demanda-t-il, une lueur de défi dans le regard. Il est temps que nous nous entraînions un peu.

— Tu as peur que je m'enfuie ?

Elle prit néanmoins la main qu'il lui tendait et le suivit dans une vaste bibliothèque. Il s'immobilisa devant une table massive qu'éclairait un lustre bas.

— Choisis celle qui te plaît, dit-il. J'espère que tu en trouveras une à ta taille. Tu as de petites mains…

Elle était restée bouche bée devant les vitrines à fond de velours disposées sur la table. Des dizaines de bagues fabuleuses s'offraient à son regard. Des diamants, des saphirs, des rubis scintillants…

— Tu as dû ratisser toutes les bijouteries du royaume, fut tout ce qu'elle trouva à dire.

— Non, ces bagues proviennent des coffres du palais.

Il sourit devant l'expression ébahie d'Hester.

— Ils sont assez remplis, admit-il. Tu choisiras une tiare pour la cérémonie plus tard. Nous n'avons pas le temps maintenant, et je crois que je ne suis pas censé la voir avant le mariage, de toute façon.

Encore sous le choc de toute cette splendeur qu'Alek considérait comme presque banale, elle fixa presque sans les voir les bagues étalées devant elle.

— Veux-tu que je t'aide à choisir ? demanda-t-il, voyant qu'elle hésitait.

— En fait, je préfère que tu choisisses pour moi.

Il la prit par les épaules et l'obligea à soutenir son regard.

— Il faut avant tout qu'elle te plaise, dit-il, avant d'ajouter sur le ton de la confidence : Tu *mérites* de porter une bague à ton goût, Hester.

Sa perspicacité la décontenançait. Alors qu'il la connaissait à peine, il semblait savoir qu'elle n'avait pas l'habitude d'être consultée sur ses goûts ou ses envies, pas plus qu'elle n'avait l'habitude des appartements magnifiques, des robes haute couture, ou des bijoux fabuleux.

— Pour commencer, que dirais-tu d'en essayer quelques-unes pour voir lesquelles sont à ta taille ?

Elle se figea tandis qu'il glissait une première bague à son doigt. Puis il la retira avant d'en essayer une autre. L'émeraude ovale était trop grosse, l'anneau pavé de rubis trop large… Tout en passant les bagues l'une après l'autre à son annulaire, il maintenait fermement la main d'Hester dans la sienne, comme s'il craignait qu'elle s'enfuie. Et peut-être l'aurait-elle fait, si elle l'avait pu, car la proximité du prince et la caresse sensuelle de ses mains masculines la troublaient plus que de raison, et elle avait hâte d'en finir pour pouvoir de nouveau respirer normalement. Pour ajouter à sa confusion, elle était persuadée que son compagnon sentait sa nervosité et qu'il s'en amusait.

— Aide-moi un peu, dit-il. Tu n'as pas une couleur préférée ?

Habituée à ne jamais se confier, même à propos de détails insignifiants, elle secoua la tête en signe de dénégation.

— Dans ce cas, c'est moi qui décide, et tu n'auras pas ton mot à dire.

Il lui tourna le dos et il s'absorba un long moment dans la contemplation des bijoux qu'il avait sélectionnés. Quand il lui fit face, un sourire mystérieux flottait sur ses lèvres.

D'abord, elle ne vit pas la bague qu'il avait glissée à son annulaire car la main d'Alek la lui cachait, mais quand elle la découvrit, les mots lui manquèrent. Il avait choisi un simple anneau surmonté d'un unique diamant. Mais quel diamant ! Massif, taillé en poire, avec de multiples facettes qui le faisaient luire de l'intérieur et lui donnaient une profondeur incroyable. C'était un bijou exquis et le contempler lui procura une émotion indicible.

— Qu'en penses-tu ? demanda-t-il.

En réponse à son ton impérieux, elle releva la tête. Elle ne voulait à aucun prix lui révéler l'émotion qui la submergeait. C'eût été comme un aveu de faiblesse. Mais la chaleur inconnue qu'elle perçut dans les yeux noirs d'Alek la bouleversa et c'est d'une voix hachée qu'elle répondit :

— Elle est très bien.

Elle savait que sa réponse était à la limite de la grossièreté, mais elle ne pouvait tout simplement pas exprimer les pensées incohérentes qui se bousculaient dans son esprit. L'avait-il compris ? Toujours est-il qu'il ne s'en formalisa pas. Au contraire, son visage s'éclaira et il sourit. Le cœur d'Hester manqua un battement. Ces fossettes causeraient sa perte !

— Je suis content qu'elle te plaise.

Puis il passa un bras autour de sa taille et l'entraîna vers le salon où les attendait le journaliste.

En fait, la bague était sublime et Hester ne pouvait pas s'empêcher de jeter des coups d'œil discrets sur sa main.

Le journaliste était assisté d'une équipe réduite à un cameraman et à un preneur de son. Hester s'assit à côté d'Alek sur un canapé, et pria pour que sa nervosité ne se voie pas. Mais Alek ne lâcha pas sa main de toute la durée de l'interview. Enveloppée dans la chaleur et la puissance de son corps viril et subjuguée par son sourire, elle oublia le monde qui les entourait. Elle n'eut même pas conscience de répondre aux questions qu'on lui posait. Elle comprit que l'entretien était terminé quand le prince se leva pour prendre congé du journaliste.

— Tu t'en es bien sortie, la félicita-t-il tandis qu'il la raccompagnait à ses appartements.

— Je n'ai pas dû dire trois mots ! protesta-t-elle.

Il s'immobilisa et lui fit face.

— Pourquoi es-tu incapable d'accepter un compliment ?

— Parce que je pense que tu me taquines.

— Ça m'arrive, mais ça ne signifie pas que je ne pense pas ce que je dis.

Il serra plus fort son poignet.

— Ton pouls bat à toute vitesse !

— C'est l'appréhension.

— Menteuse, dit-il avec un sourire.

— Tu es tellement prétentieux !

— Comment faire autrement quand tu me regardes avec cet air adorateur…

Il éclata de rire tandis qu'elle s'arrachait à son étreinte pour mettre un terme à cette discussion qui prenait un tour dangereux.

— Je dois aller me changer pour la visite à l'hôpital, dit-elle.

Puis elle s'enfuit vers ses appartements, où la styliste l'attendait.

— Pourquoi avoir choisi l'hôpital pour enfants pour notre première visite officielle ? demanda-t-elle une heure plus tard alors que leur limousine franchissait la grille du palais sous les flashs des photographes. N'est-ce pas un peu cynique ?

— J'ai pensé que ces gamins étaient confrontés à des épreuves pénibles, et que notre visite les distrairait un peu. Je préfère passer une heure avec eux plutôt qu'avec des hommes d'affaires qui estiment que je n'arriverai jamais à la cheville de mon père.

— Tu penses que les gens ne te prennent pas au sérieux ?

— Aux yeux de tout le monde, je suis le « prince playboy ».

— Je me demande pourquoi…

— Inutile de retourner le couteau dans la plaie ! dit-il en lui lançant un regard moqueur. Si seulement ils savaient que j'ai maintenant une fiancée pure et innocente qui m'aidera à corriger mes mœurs déplorables…

— Très drôle !

Elle avait beau le railler, elle avait révisé son opinion sur la réputation de superficialité du prince. Elle savait maintenant que son pays et son peuple étaient au cœur des préoccupations d'Alek.

Une foule dense, massée derrière des barrières et un cordon de policiers, les attendait devant l'hôpital. Alek lâcha sa main et, chacun de son côté, ils échangèrent quelques mots avec le public tout en se dirigeant vers l'entrée du bâtiment. Là, une adorable fillette les accueillit avec un bouquet de fleurs. Du coin de l'œil, Hester vit une infirmière qui entraînait avec elle un petit garçon hurlant, mais elle continua de sourire comme si elle n'avait rien remarqué. À quoi bon attirer l'attention sur quelqu'un qui déversait sans doute un trop-plein d'émotions ?

Alek, par son charisme, concentrait les regards, mais elle sentait que les gens la scrutaient, elle aussi. Elle se prêta de bonne grâce à leur curiosité, espérant qu'elle passerait le test. En fin de visite, ils se retrouvèrent dans la salle de classe de l'hôpital. Quelques enfants, assis à leur table, dessinaient. Au fond de la classe, elle repéra le petit garçon turbulent qui avait été évacué à leur arrivée. Libre de se déplacer parmi les élèves, Hester se rapprocha du garçonnet, que surveillait de près l'institutrice. Une colère teintée de tristesse obscurcissait son regard. Elle s'assit sur une chaise vide à la même table, puis elle prit une feuille de papier et un feutre dans un grand pot. Le garçon interrompit son coloriage le temps de regarder ce qu'elle faisait, puis il se remit à dessiner, jusqu'au moment où ils eurent besoin tous les deux du même feutre vert émeraude.

— C'est vraiment une très belle couleur, dit-elle en l'encourageant à le prendre.

— C'est ma couleur préférée, murmura-t-il.

— La mienne aussi, chuchota-t-elle avec un sourire de connivence. Mais ne le répète à personne.

À cet instant, elle sentit une présence près d'eux et elle leva les yeux sur Alek qui la fixait d'un regard énigmatique.

— Il est temps de partir, Hester, dit-il d'une voix calme.

Dans la voiture, sur le chemin du retour au palais, il la dévisagea longuement. Sans doute pour les caméras et les appareils photo disséminés tout au long du parcours.

— Tu t'es très bien débrouillée, dit-il. Encore une fois.

Elle accepta le compliment d'une légère inclinaison de la tête. Amusé par sa mimique exagérément altière, il attrapa sa main et joua avec la bague de fiançailles.

— Je suis sérieux. Arracher un sourire et quelques paroles à ce petit garçon bouleversé, c'était habile et ce n'est pas donné à tout le monde.

— Ce n'était pas calculé ! Je voulais simplement lui permettre de se ressaisir.

— Alors c'était de la gentillesse naturelle. Tu lui as même dit quelle était ta couleur préférée. Ou était-ce un mensonge pour qu'il se sente mieux ?

— C'était la vérité, dit-elle après une brève hésitation.

— Tu as pu lui confier quelque chose que tu as été incapable de me dire ?

Était-ce une pointe de reproche qu'elle perçut dans sa voix ? Elle choisit de le prendre sur le ton de l'humour.

— T'ai-je blessé ? demanda-t-elle avec un sourire.

— Oui.

Elle comprit qu'il était sérieux et elle éprouva le besoin de se justifier.

— J'essayais juste d'être gentille avec lui, expliqua-t-elle. Tu sais comment c'est… Certaines personnes attirent toute l'attention sur elles. Elles sont bruyantes, sûres d'elles, ou, comme lui, colériques. Celles qui me font de la peine sont celles qui sont toujours discrètes, gentilles ou trop effacées... De temps en temps, elles ont besoin qu'on les remarque, elles aussi, et aujourd'hui, ce n'est pas ce que j'ai fait.

— Mais moi, oui, dit-il d'une voix grave. J'ai fait le tour de la classe et j'ai parlé avec ces enfants-là.

L'attitude du prince ne l'étonnait pas, car c'était ce qu'il avait fait toute sa vie : prêter attention aux gens.

— Étais-tu une enfant de ce genre ? demanda-t-il. Une petite fille si gentille qu'elle devenait invisible ?

— Non. Je n'étais apparemment pas assez gentille.

— Je ne t'imagine pourtant pas sûre de toi, ou piquant des colères.

— Non, ça non plus, ce n'était pas moi.

— Alors, quelle sorte d'enfant étais-tu ?

Dans la sécurité de l'habitacle de la voiture, soulagée que l'interview et la visite à l'hôpital se soient bien passées, elle se sentit soudain suffisamment en confiance pour répondre.

— J'étais une fugueuse. Mais chaque fois, ils me retrouvaient.

— As-tu réussi à t'enfuir pour de bon ?

— À la fin, oui.

— Tu t'enfuiras si tu n'aimes pas ta vie ici ? demanda-t-il.

Elle sourit pour alléger l'atmosphère.

— Non. Je suis une adulte maintenant, et je resterai jusqu'à la fin de mon contrat.

Après un autre dîner essentiellement consacré aux ultimes préparatifs pour la cérémonie du lendemain, en présence des nombreux conseillers du prince, un chauffeur les conduisit au château où Hester devait passer sa dernière nuit de célibataire.

— Bienvenue dans la demeure de la reine Aleksandrina, déclara Alek quand les lourdes portes se furent refermées derrière eux.

Hester connaissait l'histoire de la reine Aleksandrina. Son mariage avait eu lieu après le couronnement du roi et ce fut un tel désastre qu'une loi avait été adoptée, obligeant tout futur monarque à se marier avant de pouvoir accéder au trône. Elle avait également lu que la reine devait s'agenouiller devant le roi, avant tous ses autres sujets. C'était consternant, mais c'était la tradition.

— Une reine qui a défié son mari et s'est fait construire son propre palais à l'autre bout de la ville ? dit Hester. Je trouve ça fantastique.

— Sais-tu que j'ai été nommé d'après elle ?

Cette information surprit Hester. Elle pensait que la reine rebelle était plutôt mal vue par la monarchie.

— Sous le château se trouve un souterrain qui mène à la mer, reprit Alek. La rumeur prétend que c'est par là que la reine faisait entrer ses amants à l'insu du roi.

— Ses amants… Au pluriel ?

— Apparemment, elle était insatiable.

— Et tu dis que tu lui dois ton nom ?

Sa remarque lui arracha un petit rire.

— Ma mère disait que ces rumeurs étaient destinées à discréditer Aleksandrina, qui était meilleure reine que son mari n'était roi, ce qu'il ne pouvait pas supporter.

Hester fut surprise de l'entendre évoquer sa mère. C'était un sujet qu'il évitait d'aborder, sans doute parce qu'il était trop chargé d'émotions.

— Ta mère aussi avait l'air d'être une femme de caractère…

— En effet, dit-il avant d'ajouter : Viens visiter la salle de bal.

Il n'avait visiblement pas envie d'en parler, aussi décida-t-il de ne pas insister.

Quand elle arriva dans la salle de bal, elle fut subjuguée par la pièce monumentale, avec ses lambris délicatement sculptés et ses lustres magnifiques.

— Waouh ! s'exclama-t-elle. C'est… Je…

La gorge nouée, elle laissa sa phrase en suspens. Alek vint se planter devant elle et il caressa sa joue.

— J'ai l'impression que, parfois, tu as vraiment du mal à dire ce que tu as sur le cœur, non ? dit-il en la prenant par la taille.

L'idée qu'il la connaisse aussi bien la troublait et la terrifiait à la fois. Quand il plongeait ainsi son regard intense dans le sien, il lui donnait envie de… trop de choses. Près de lui, elle éprouvait des sensations inconnues et puissantes et elle avait l'impression que la forteresse qu'elle avait érigée pour se protéger s'effondrait comme un château de cartes.

La main d'Alek sur sa taille était si légère, si douce, qu'elle faillit douter de la réalité de ce contact. Mais le sang qui circulait plus vite dans ses veines lui confirma qu'elle ne rêvait pas. Elle posa une main sur le torse d'Alek, avec l'intention de le repousser gentiment, mais ses doigts brûlaient d'envie de le caresser. Ils se tenaient l'un en face de l'autre, les yeux dans les yeux, respirant à peine, et le temps semblait comme suspendu.

— Pourquoi luttes-tu ? murmura-t-il.

Elle savait parfaitement qu'il faisait allusion au désir brûlant qui la consumait. Mais une sorte d'instinct d'autopréservation la poussa à nier.

— Lutter contre quoi ?

— L'inévitable.

— Je refuse d'être l'inévitable, murmura-t-elle d'une voix rauque qu'elle reconnut à peine.

— Tu scies la branche sur laquelle tu es assise.

— Tu penses que je passe à côté d'une expérience incroyable parce que je refuse de me laisser séduire par toi ?

— Je pense que c'est intéressant que tu en fasses toute une montagne.

— Et si j'étais à la recherche d'une relation sérieuse ?

— Je suis on ne peut plus sérieux. Il y a quelque chose en toi qui… Tu me plais de plus en plus, Hester. C'est comme si tu t'étais insinuée en moi.

— Tu veux dire : comme une sorte de virus ?

Sous sa paume, elle sentit le rire grave qui faisait vibrer le torse de son compagnon.

— Tu essaies de me décourager ?

— Oui.

— J'aime l'idée que tu te donnes tant de mal. J'ai l'impression que j'ai réussi à entamer cette cuirasse pleine d'épines qui te protège.

— Maintenant tu me traites de porc-épic… Et moi qui pensais que tu étais un charmeur irrésistible !

— Tu sais ce que je pense ? Tu m'as catalogué comme un grand méchant coureur de jupons. Et pour je ne sais quelle raison, cela fait de moi quelqu'un d'infréquentable à tes yeux. Je suis désolé, mais j'aime le sexe, mon cœur. Peut-être que si tu essayais, tu découvrirais que c'est plutôt agréable. Mais tu préfères me garder à distance et nier qu'il existe une alchimie extraordinaire entre nous.

Il s'inclina vers elle et murmura :

— Des étincelles, Hester… Chaque fois que nos corps se frôlent ou que nos regards se croisent.

Incapable de soutenir son regard vibrant, elle baissa la tête.

— Je pense qu'il est plus prudent de ne pas franchir les limites que nous nous sommes fixées au départ. Tenons-nous-en à notre marché.

— Un marché qui inclut deux baisers, lui rappela-t-il avec un sourire radieux.

Oui, ils échangeraient deux baisers, mais cela se passerait

en public, il y avait donc peu de risques que la situation dégénère.

— J'avoue que ta compagnie est beaucoup plus distrayante que je ne l'aurais cru au premier abord, Hester.

— J'en suis ravie ! D'autant que je ne vis que pour vous complaire, Votre Altesse.

Il rit de nouveau, effleura de l'index le bout de son nez et se pencha un peu plus vers elle.

— Appelle-moi Alek, dit-il dans un souffle.

Le sourire d'Hester s'évanouit. Elle aurait voulu qu'il ne se comporte pas ainsi. Cette espièglerie mêlée de séduction lui ôtait tous ses moyens.

— Je… Je ne…

Elle s'interrompit, trop troublée par les pensées lascives que la présence d'Alek provoquait. Pour briser le charme qui la maintenait captive, elle s'écarta de lui. Il ne chercha pas à la retenir, mais son regard semblait à présent fouiller son âme.

— As-tu peur de moi ? demanda-t-il.

— Étonnamment, non, répondit-elle, trop secouée pour songer à mentir.

Ce n'était pas de lui qu'elle avait peur, mais des sensations qu'il éveillait en elle.

— Qu'est-ce qui t'inquiète, alors ?

— Les journalistes, les commentaires désobligeants dans la presse et sur Internet…

— Menteuse ! Si c'était ce que tu redoutes, tu ne te serais jamais engagée dans cette histoire. Dis-moi la véritable raison.

— Les mots peuvent faire mal.

— Sans doute. Parfois, acquiesça-t-il. Ça dépend de qui les prononce.

Sans le savoir, il avait éveillé des souvenirs douloureux. Son changement d'humeur n'avait pas échappé à son compagnon, car la lueur moqueuse disparut de son regard.

— Tu peux me parler, dit-il d'une voix persuasive. Je sais que j'aime te taquiner… mais tu peux me faire confiance.

Elle ne devait pas laisser le passé compromettre son avenir. Et même si elle n'avait aucun véritable avenir avec lui, l'instant présent existait bel et bien. Il ne la forcerait pas à se confier, mais la patience et la douceur dont il faisait preuve eurent raison de ses réticences.

— Ma confiance a trop souvent été trahie, dit-elle. Tu as raison, ce ne sont ni les projecteurs, ni le regard de la foule que j'appréhende. Ce qui m'inquiète, ce sont mes trois cousins. Je n'aurais pas dû les inviter. Cela fait des années que je ne les vois plus.

Elle rechignait à lui avouer à quel point elle avait été faible et vulnérable, d'autant qu'elle ne pouvait pas rejeter toute la faute sur ses cousins. Elle n'avait peut-être pas fait suffisamment d'efforts pour se faire apprécier d'eux. N'avait-elle pas choisi la solution de facilité en se repliant sur elle-même ?

— Je sais que personne n'est parfait, reprit-elle. Mais eux, oui. Nous n'avions vraiment rien en commun.

— Mais de quelle façon ont-ils trahi ta confiance ? demanda-t-il, perplexe.

— Avec des mots.

C'était vrai, même s'il ne s'agissait que d'une partie de la vérité.

— Ils ont accepté l'invitation et ils sont là, dit-il quand il comprit qu'elle n'en dirait pas plus. Je les ai logés à l'hôtel, plutôt qu'au palais. Par l'intermédiaire de mon directeur de cabinet, je leur ai demandé de ne pas parler à la presse, mais je ne peux pas museler tout le monde. Si un journal ou une télé leur fait une offre…

À la pensée de ses cousins en train de distiller leur venin devant des journalistes, elle pâlit.

— Je suis désolé de ne pas tout contrôler, murmura-t-il.

Et aussi qu'ils t'aient fait souffrir. Mais je ne suis pas comme eux. Quand je parle d'inévitable entre nous, Hester, je n'essaie pas de te flatter. Je suis honnête, c'est tout.

Le problème, c'était qu'avec son honnêteté, il était capable de lui faire perdre la tête. Avait-il conscience du pouvoir qu'il avait sur elle ? Pour lui, flirter et collectionner les conquêtes allait de soi. Alors qu'elle-même était novice en la matière et qu'elle risquait fort d'y laisser des plumes. C'est pourquoi elle devait absolument garder ses distances.

— Ça ne change rien, dit-elle. Notre contrat ne prévoit que deux baisers.

— Je le sais, crois-moi. Et quoi que tu en penses, je suis sûr que tu vas tous les étonner demain.

En vérité, c'était surtout lui qu'elle voulait étonner. Que lui arrivait-il ? Alek aurait-il fini par lui communiquer un peu de son incroyable assurance ?

6.

Protégée par les vitres du carrosse qui la conduisait du château au palais par l'ancienne avenue pavée jonchée de pétales de fleurs, Hester saluait la foule. Le voile arachnéen qui couvrait son visage la dissimulait partiellement aux regards des curieux qui s'étaient rassemblés sur son passage dans l'espoir d'apercevoir la mystérieuse fiancée du prince Alek.

Elle avait étonnamment bien dormi dans le vieux palais. Fiorella était arrivée tard dans la soirée ; elles avaient à peine eu le temps d'échanger quelques mots. Et le matin même, une armée de coiffeurs et de maquilleuses avait rejoint les stylistes pour s'occuper d'elles. Elle ne s'était donc pas retrouvée un instant seule avec Fiorella.

En prenant son petit déjeuner, elle avait parcouru les journaux en ligne. Comme elle l'avait redouté, certains échotiers ne se gênaient pas pour insinuer qu'Alek avait choisi une épouse docile et inoffensive uniquement parce qu'il devait convoler pour accéder au trône. Un blogueur féroce l'avait surnommée « la fiancée transparente ».

En face, il y avait les irréductibles romantiques. Ceux-là voulaient croire au conte de fées. Leur sortie à l'hôpital avait réduit au silence bon nombre de sceptiques. Des experts en langage corporel appelés à la rescousse avaient même décrété que leur gestuelle et leurs sourires complices dénotaient « une intimité et un amour sincère ».

Son échange avec le petit patient avait été immortalisé par

un photographe, au téléobjectif. L'une des institutrices, sous couvert d'anonymat, avait évoqué la gentillesse naturelle dont la future reine faisait preuve envers les enfants... et la façon dont Alek la couvait d'un regard amoureux et protecteur. À ce stade de sa lecture, elle avait reposé la tablette. Toutes ces mièvreries lui avaient coupé l'appétit.

— Nous sommes arrivées, Hester. Respire profondément. Je suis sûre que tu vas être fantastique.

Les paroles de Fiorella, qui partageait le carrosse avec elle, la ramenèrent à l'instant présent. Au moment où un valet ouvrit la portière, Fiorella se pencha vers elle et lui chuchota à l'oreille :

— Je suis tellement heureuse que tu épouses Alek ! Tu es ce qui pouvait lui arriver de mieux.

Consciente que ses moindres mouvements étaient observés à la loupe, elle ne laissa pas deviner la surprise que les paroles de Fiorella avaient provoquée, et elle monta avec une lenteur majestueuse les marches menant à la chapelle. Quand elle leva les yeux et qu'elle vit Alek devant l'autel, elle fut incapable de détacher son regard de lui. Il portait son uniforme de cérémonie, avec médailles, épaulettes, galons dorés, écharpe carmin et même... Oui, une plume. Il se tenait très droit, mais l'expression sévère de son visage s'adoucit quand elle arriva près de lui, et elle vit pétiller une lueur malicieuse dans son regard.

La cérémonie se déroula avec un déploiement incroyable de faste devant un parterre d'invités prestigieux. Les orgues résonnèrent, un chœur chanta, une violoncelliste joua... Mais elle les remarqua à peine. Son attention était entièrement accaparée par Alek, et la cérémonie passa en un éclair. Quand vint le moment du baiser, après l'échange des vœux, elle sortit de son rêve éveillé et elle regretta d'avoir refusé de se laisser embrasser pendant les répétitions. Elle craignait maintenant que cette étape cruciale ne se transforme en catastrophe. Ils allaient probablement se cogner le nez, ou les dents, sous des millions de regards… L'idée que leur baiser – le pire baiser de tous les temps – repasserait en boucle sur Internet la mortifiait.

Alek avait visiblement suivi le cours alarmiste de ses pensées, car son sourire s'élargit et ses fossettes apparurent. Malgré elle, elle sourit à son tour. Il avait vraiment le don de rendre les choses plus légères. Et soudain, ce pacte secret connu d'eux seuls se transforma en un jeu plutôt amusant.

Il s'inclina vers elle, très lentement, puis il effleura sa bouche d'un baiser aérien. Elle ferma les yeux dans l'espoir illusoire de capturer cet instant de grâce.

Il se redressa et lui sourit sous les acclamations enthousiastes de l'assemblée. Il passa un bras sous le sien pour remonter la travée centrale jusqu'aux portes qu'on avait à présent ouvertes en grand. Ils s'arrêtèrent sur le seuil et sourirent à la foule rassemblée devant et autour de l'église.

— Hester…

En l'entendant murmurer son nom d'un ton impérieux, elle tourna la tête vers lui. Elle était prête pour leur deuxième baiser, et plus impatiente qu'elle n'aurait voulu l'admettre. À la lueur triomphante qui dansait dans ses prunelles noires, elle sut qu'il en était conscient.

— Accroche-toi, mon cœur, ajouta-t-il.

Cette fois-ci, il s'attarda et son baiser se fit plus pressant. Elle laissa échapper un soupir de plaisir et ses lèvres s'entrouvrirent d'instinct. C'est alors qu'il s'écarta de nouveau. Son sourire avait disparu et son regard brillait d'une intensité troublante. Une moue arrogante incurva ses lèvres, puis, avant qu'elle devine ce qu'il s'apprêtait à faire, il se pencha vers elle et lui vola un troisième baiser. Contrairement aux deux précédents, ce dernier baiser n'avait rien de chaste. Il l'embrassa avec une passion – pour brève qu'elle fût – qui recelait d'enivrantes promesses sensuelles. Il exigea une réponse qu'elle fut incapable de retenir. Une délicieuse sensation de chaleur l'envahit quand leurs langues se mêlèrent. Leur baiser ne dura qu'un instant, mais elle se sentit métamorphosée pour toujours. Elle réussit néanmoins à étouffer un gémissement de regret quand il l'interrompit.

— Ça fait trois, et non deux, dit-elle, le souffle court.

Elle aurait voulu que son ton soit cinglant, mais, trop occupée à maîtriser ses émotions contradictoires, elle échoua lamentablement.

— Tu n'as qu'à me traîner en justice, répliqua-t-il avec un rire moqueur. Que veux-tu faire, alors que le monde entier nous regarde ?

— Tais-toi ! Les gens capables de lire sur les lèvres vont comprendre ce que tu dis et tout le monde saura que…

— Mes lèvres n'ont même pas bougé. Je suis parfaitement ventriloque. J'ai appris dès mon plus jeune âge. C'est très utile, quand on grandit sous le regard des photographes ou des cameramen.

Elle ne put se retenir de glousser, ce qui était l'effet recherché.

— Je parie que ça représente des années d'études.

— Tu ne crois pas si bien dire…

Leur échange n'avait duré que quelques secondes.

De sa main libre, il salua la foule, qui répondit par un concert de vivats. Puis ils descendirent les marches de l'église et montèrent dans le carrosse qui les attendait. Une fois assise, elle essaya d'oublier la main du prince posée sur sa taille et de réfléchir à ce qu'elle devait penser de ce troisième baiser. Pourquoi avait-il fait cela ? Peut-être était-il simplement content que la cérémonie se soit bien passée ? Quoi qu'il en soit, il était hors de question qu'il recommence.

— Hester ?

Elle se tourna vers la fenêtre et, souriant à la foule, elle agita la main pour saluer.

— Tu as rompu notre pacte, dit-elle.

— Pourquoi suis-je puni, Hester Moss ?

— Je ne suis plus Hester Moss, répliqua-t-elle avec un sourire éclatant. Reconnais que j'ai bien joué mon rôle !

Hester faisait bien plus que jouer un rôle. Elle resplendissait. Elle avait même appris à flirter ! Et Alek n'en menait pas large. Il n'avait qu'une envie : l'attirer dans ses bras et l'embrasser de nouveau. Mais au lieu de donner libre cours à son désir, il devait sourire et saluer, parce que des millions de gens les regardaient.

Pendant la pause qu'ils s'accordèrent en privé dans un des petits salons du palais avant de rejoindre leurs invités, il fit mine de s'absorber dans la lecture de sa tablette. En réalité, il avait besoin d'un peu de temps pour calmer le tumulte de ses émotions. Et son intuition lui soufflait qu'Hester était aussi perturbée que lui par leurs baisers. Il en voulait pour preuve qu'elle évitait soigneusement de le regarder.

Il réalisa soudain qu'il n'avait pas remarqué une autre femme depuis des jours, ce qui ne lui ressemblait pas. Son regard était attiré par Hester. La présence de la jeune femme rejetait le reste du monde dans une sorte de flou. L'ironie de la situation ne lui échappait pas. Il avait refusé de se marier, et maintenant qu'il avait engagé une épouse de convenance, il la désirait plus qu'il n'avait jamais désiré aucune femme. Elle travaillait pour lui, elle était vierge, elle était vulnérable… Les raisons qui lui interdisaient de poser la main sur elle étaient innombrables. Mais cela ne l'empêchait pas de la désirer comme un fou.

Quand il leva la tête de la tablette, son regard tomba sur la courbe des hanches et les fesses d'Hester. Une nouvelle vague de désir le foudroya. Non, il n'était pas simplement attiré par elle parce qu'elle lui était interdite. C'était elle qu'il désirait de toutes les fibres de son corps. Il voulait la voir se pâmer de plaisir. Il voulait déchaîner la passion qu'il avait sentie frémir sous ses airs impassibles…

Consterné par le cours de ses pensées, il jugea plus prudent de se replonger dans la lecture de la presse en ligne.

Les images du mariage avaient inondé la toile. Une photo, prise juste après leur baiser, avait déjà été partagée des centaines de milliers de fois.

Il fallait reconnaître que la mariée était d'une beauté époustouflante. Sa robe, qui semblait cousue sur elle, soulignait sa taille fine et ses hanches. Ses escarpins la grandissaient un peu, mais elle ne lui arrivait toujours pas à l'épaule. Avec sa chevelure partiellement lâchée et sa tiare, elle incarnait la parfaite princesse de conte de fées. Comment avait-il pu penser un jour qu'elle n'était pas belle ?

— Que regardes-tu ? demanda-t-elle.

Elle s'approcha et il tourna la tablette vers elle.

Tandis qu'il faisait défiler les images, son propre cœur battait la chamade. Ces deux premiers baisers étaient les plus chastes qu'il ait échangés de toute sa vie. Et pourtant, il n'avait pu résister à lui en voler un troisième.

Des pensées saugrenues lui traversaient l'esprit. Il voulait tout recommencer du début, et prendre le temps de lui faire la cour. Il voulait la faire capituler. Il voulait qu'elle lui appartienne de la façon la plus primitive.

— C'est incroyable ce qu'une robe sur mesure et le talent d'un bon maquilleur peuvent faire, dit-elle, visiblement insensible aux tourments de son compagnon. J'ai l'air plutôt présentable, non ?

Pourquoi persistait-elle à se dénigrer ainsi ? À minimiser sa beauté ? Dans l'espoir de la faire sortir de sa réserve, il voulut la mettre face à ses contradictions.

— Je croyais que tu te fichais de ce que pensent les gens.

— Oui, mais je ne veux pas te décevoir.

— Tu te soucies donc de ce que *je* pense ?

— Disons que j'ai une conscience professionnelle.

— C'est tout ce que ceci représente pour toi ? Un job comme un autre ?

Il refusait de la croire. Leurs baisers lui avaient donné un avant-goût du plaisir qu'ils pourraient connaître ensemble. Si seulement elle acceptait de se libérer de ce carcan sous lequel, il en était persuadé, était enfoui un trésor de sensualité !

De plus, il était convaincu qu'au-delà de l'attirance physique il existait une véritable complicité entre eux.

Pour l'instant, toutefois, elle choisit d'ignorer sa question.

— Je suis désolée pour cet article, dit-elle.

Il savait à quel article elle faisait allusion.

— Tes cousins ? Ils racontent que tu les as rayés de ta vie. Qu'ils étaient comme invisibles à tes yeux. Mais ne t'inquiète pas, je suis bien placé pour savoir qu'il ne faut pas croire tout ce qu'on lit dans les journaux.

— Pourtant, c'est vrai.

— Alors je suis sûr que tu avais de bonnes raisons.

La souffrance et les larmes contenues qui brillaient dans ses yeux le bouleversèrent.

— Comme une idiote, je pensais qu'ils m'aimeraient parce que nous étions de la même famille.

Les bribes de confidences qu'elle avait laissées échapper prirent soudain tout leur sens. Sa famille l'avait rejetée. C'est pour cette raison qu'elle s'était enfuie, avant de finir par s'enfermer dans sa tour d'ivoire à l'université.

— Je pensais que si je les invitais, ils ne parleraient pas à la presse, reprit-elle. J'aurais dû me méfier.

— Leur nom n'est pas cité. Leurs propos sont rapportés sous couvert « d'amis de la famille ». Ils pourront toujours prétendre que ça ne vient pas d'eux.

— Je suis désolée s'ils t'ont causé des problèmes. Dois-je vraiment les voir ?

— Nous devons saluer tous nos invités. Il y aura du monde, mais pas de photographes. Nous ferons en sorte qu'ils ne s'attardent pas trop. Je serai à côté de toi, avec Fi.

— Elle a été merveilleuse aujourd'hui, murmura-t-elle. Et elle m'a annoncé qu'elle allait rester aux États-Unis pour poursuivre ses études.

Comprenant qu'elle avait besoin d'oublier ses cousins, il la laissa changer de conversation.

— Je sais. Je l'y ai encouragée. Je veux qu'elle puisse suivre la voie qu'ellc a choisie.

— Et toi ? Si tu avais été libre, qu'aurais-tu choisi de faire ? demanda-t-elle.

D'ordinaire, il évitait d'évoquer ce qu'il considérait comme des chimères, mais aujourd'hui, il y vit un moyen d'écarter la tentation lancinante d'embrasser Hester, en plus de lui faire oublier la tristesse que l'évocation de ses cousins avait éveillée en elle.

— Je voulais étudier la médecine, avoua-t-il.

— Tu voulais devenir médecin ? s'exclama-t-elle, visiblement prise au dépourvu par cette révélation. C'était un bel idéal. Qu'est-ce qui t'en a empêché ?

— Mon père. Pourtant, je n'aurais jamais cru qu'il trouverait à redire à une vocation aussi admirable. Qu'y a-t-il de plus utile que de sauver des vies ?

— C'est ce que tu voulais faire ?

— J'ai vu ma mère dépérir sous mes yeux. Le cancer lui ôtait sa vitalité et sa joie. Je ne pouvais rien faire pour l'aider. Je ne voulais plus ressentir ce sentiment d'impuissance. Et puis, j'aimais les sciences. Mais mon père pensait que je n'aurais jamais d'assez bonnes notes. Il faut dire qu'avant que ma mère tombe malade, je n'étais pas un élève très sérieux.

Il n'avait jamais parlé de la mort de sa mère avec quiconque, mais il se sentait en confiance avec Hester.

— L'expérience de la maladie m'a motivé et je me suis

ressaisi. J'étais si fier quand j'ai réussi le concours d'entrée en médecine ! Je pensais que mon père serait fier, lui aussi.

— Et ça n'a pas été le cas ?

La douceur de la voix d'Hester anéantit toute velléité d'auto-apitoiement et mit du baume sur ses vieilles blessures. Il avait beau s'être moqué souvent de sa vocation contrariée, au fond, ce renoncement lui avait brisé le cœur.

— Selon lui, les études étaient trop longues. Je devais consacrer plus de temps à mon pays. On ne peut pas être roi et avoir une carrière, car gouverner est déjà une carrière en soi. Pour les mêmes raisons, j'ai dû renoncer à devenir vétérinaire, ce que j'avais aussi envisagé. Les chevaux sont ma passion. J'ai appris à monter avant de savoir marcher.

L'empathie qu'il perçut dans le regard d'Hester lui disait qu'elle n'était pas dupe de sa mimique faussement vantarde. Elle devinait le chagrin, la douleur qu'il avait si bien appris à cacher. Mais contre toute attente, elle lui sourit.

— Et quelles autres disciplines extraordinaires un prince doit-il maîtriser ? La géographie, je parie. Les langues ?

— Cinq, acquiesça-t-il.

— En plus d'être ventriloque ?

— Bien sûr.

— La musique ? Le dessin ?

— Je joue du piano, mais je ne sais pas dessiner.

— Eh bien, je suis ravie d'apprendre que tu as quand même une ou deux lacunes ! Alors, qu'as-tu fait une fois qu'il a eu dit non à tout ?

— L'armée. Ça, c'était acceptable. J'ai été formé dans la marine et dans l'armée de terre. Le peu de temps libre qui me restait était consacré au polo. Et à quelques distractions annexes.

— Les femmes…

Il lui décocha un sourire.

— Je dirais plutôt : faire la fête. Je m'ennuyais, j'étais

plein d'amertume et je me sentais prisonnier. J'en voulais à mon père de s'opposer à tout ce que j'avais réellement envie de faire. Alors j'ai fait mon travail, mais je faisais souvent des bêtises, en partie pour le contrarier. Plutôt prévisible, non ?

— Je comprends pourquoi tu lui en voulais et pourquoi tu te rebellais. C'est terrible de s'entendre toujours dire non.

Il la remercia de sa compréhension par un faible sourire.

— C'est vrai. Je voulais accomplir quelque chose qui ait du sens, et j'en ai été empêché. J'étais furieux. Furieux que Fi soit pratiquement prisonnière. Furieux de décevoir mon père, qui se montrait indifférent, même quand j'avais des A dans toutes les matières. À part me rebeller, que me restait-il ? Mais peu à peu, c'est devenu une habitude et un comportement que tout le monde attendait de moi. C'est sûr, avec moi, Triscari faisait toujours la une ! Mais ce n'était pas la seule conséquence…

— Tu étais seul.

— Non, j'étais entouré d'une foule de gens, au contraire !

— Des gens avec qui tu ne pouvais pas vraiment parler. Des femmes qui ne pensaient qu'à faire la fête et des béni-oui-oui. Tu devais donc te sentir seul.

— Je prenais beaucoup de plaisir à être le « prince play-boy ».

Elle l'étudia attentivement avant de demander :

— Tu veux toujours donner un sens à ta vie ?

— Mon seul but, c'est d'être un bon roi pour mon pays. J'étais furieux que la loi m'oblige à me marier, mais maintenant que c'est fait, je peux me mettre au travail et prouver ma valeur à tout le monde.

— Je ne pense pas que tu aies quoi que ce soit à prouver, Alek. Pour le peu que j'aie pu en juger, ce que tu fais est très sensé.

Il se demanda soudain comment la conversation avait pris ce tour étrange. Il avait eu en tête de la distraire du désarroi que lui causait la présence de sa famille et, par la même occasion, d'étouffer le désir qu'il avait d'elle. Dieu sait pourquoi, il s'était confié à elle et, en retour, elle avait adouci une vieille blessure dont il ne savait même pas qu'elle le faisait toujours souffrir.

Intrigué par ce mystère, il la dévisagea. Ses magnifiques yeux de lionne étaient plus lumineux que jamais, et il la désirait comme un fou.

Le souvenir – un peu tardif, certes – des invités qui les attendaient dans la salle de réception le ramena brusquement à la réalité.

— Nous ferions mieux d'y aller, dit-il. Nos invités doivent s'impatienter.

7.

Hester admira l'aisance et la rapidité avec laquelle son mari saluait les nombreux invités sagement alignés, tout en donnant à chacun l'impression qu'il lui avait accordé une attention particulière. Fascinée, elle ne vit ses cousins qu'à l'instant où ils se matérialisèrent devant elle, avec leurs sourires hypocrites.

Hester se figea quand Kimberly exécuta une révérence si obséquieuse qu'elle frisait la grossièreté.

— Merci pour l'invitation, dit sa cousine d'un ton doucereux qui glaça Hester.

Elle était incapable de parler. Joshua, Kimberly et Brittany n'avaient pas changé. Et ils arrivaient à la faire se sentir toute petite, même en cet instant si particulier.

— Tout le plaisir est pour nous, intervint Alek. Nous sommes heureux que vous ayez pu venir pour célébrer ce jour merveilleux avec nous.

Ce fut au tour des trois cousins, subjugués par le charisme du prince, de rester sans voix. Très vite, ils s'éclipsèrent, et Hester fut soulagée de les voir s'éloigner vers la salle de réception. Si elle était satisfaite de les voir adopter un profil bas, elle regrettait toutefois de n'avoir pas été celle qui leur avait rabattu le caquet. À son grand désarroi, elle s'aperçut qu'elle leur accordait encore un peu trop d'importance et elle était lâchement soulagée de sentir la main d'Alek dans la sienne.

— J'ai demandé à Fi de répandre la rumeur que nous nous échapperons tôt. Ce que nous allons faire, d'ailleurs, murmura-t-il à son oreille tandis qu'ils se dirigeaient vers la salle où était dressé le banquet.

Elle hocha la tête en signe d'acquiescement. Elle ne pouvait s'empêcher d'être nerveuse, même si ce n'était pas une véritable nuit de noces qui les attendait, et si Alek dormirait dans la deuxième chambre. Elle avait de plus en plus de mal à se rappeler que tout ceci n'était qu'une mascarade.

Son agitation n'avait pas disparu quand, deux heures plus tard, ils se retrouvèrent dans l'appartement d'Alek. La disposition des lieux était identique à celle de ses propres appartements, mais la décoration était moderne. Pas de papier peint à fleurs pour lui.

— Nous avons réussi ! s'exclama-t-il en lui dédiant un sourire satisfait. Tu as vu leurs visages ? Ils ont adoré notre histoire.

En réalité, à part Alek, elle n'avait pas remarqué grand monde. Elle avait à peine touché aux mets délicieux pendant le dîner, et elle n'avait réussi à avaler que deux gorgées de champagne, mais elle lui était reconnaissante de ses efforts pour la mettre à l'aise.

— Je pense que je vais me coucher tout de suite, murmura-t-elle.

— Ne sois pas aussi tendue, Hester. Tu peux prendre la deuxième porte sur la gauche : c'est ta chambre.

À quoi s'était-elle attendue ? À ce qu'il cherche à la séduire ? Mi-soulagée, mi-déçue, elle quitta le salon. Elle n'avait cependant fait que deux pas à l'intérieur de la chambre de maître quand elle réalisa qu'elle allait avoir un problème. Elle retourna dans le salon. Alek se tenait à l'endroit exact où elle l'avait laissé. Le regard vide, il fixait la table.

— Je vais avoir besoin de ton aide pour enlever cette

robe, dit-elle en rougissant. Elle a été littéralement cousue sur moi.

Alek semblait si réticent à s'approcher qu'elle se sentit obligée de s'excuser.

— Je suis désolée.

— Il n'y a pas de raison, dit-il après s'être éclairci la gorge. Fais voir.

Il s'avança vers elle et elle lui tourna le dos. Troublée par le caractère intime de la situation, elle retint son souffle.

— Il va me falloir des ciseaux, dit-il après avoir passé un doigt le long de la couture de sa robe.

— Tu peux toujours utiliser l'épée de ton uniforme.

Sa tentative d'humour échoua et la tension qui régnait entre eux monta d'un cran.

— Ou mes dents… ?

— Viens, dit-il. J'ai des ciseaux dans ma salle de bains.

Pendant qu'il fouillait un tiroir, Hester resta sur le seuil de la pièce attenante à la chambre à coucher, et fit son possible pour éviter de poser les yeux sur le lit immense. Puis elle lui présenta de nouveau son dos, en priant pour qu'il ne devine pas à quel point sa présence si proche la troublait.

— Je ne voudrais pas l'abîmer.

— Ce n'est pas grave si elle est un peu déchirée. Je ne vais pas la porter une autre fois.

Il s'affaira en silence pendant quelques secondes.

— Elle finira sans doute dans le musée du palais, dit-il.

Bien qu'elle lui tournât le dos, le magnétisme animal qui émanait d'Alek lui rendait la respiration difficile. Cette situation était intenable ! Elle voulait qu'il l'enlace. Elle voulait qu'il l'embrasse…

— Je dois vraiment sortir de cette robe ! s'écria-t-elle d'un ton désespéré. Je n'arrive plus à respirer.

— Alors je ne vois qu'un moyen.

Elle sentit qu'il tirait sur le tissu, puis il poussa un juron.

— J'ai arraché un bouton. Désolé.

Le souffle de son compagnon se fit soudain plus saccadé. Puis elle entendit un autre bruit sec de déchirure. Sentant que sa robe glissait, elle retint in extremis le bustier contre sa poitrine. Puis, elle se tourna lentement. Quand elle lui fit face, l'intensité de son regard lui causa un choc. Il était parfaitement immobile. Tout comme elle, car elle savait que si elle bougeait, elle allait se jeter sur lui comme une… vierge désespérée de connaître enfin l'amour dans les bras d'un amant sublime.

— Hester… Ce troisième baiser que je t'ai volé, ce n'était pas pour les photographes, murmura-t-il. J'en avais très envie, c'est tout. Je devrais te présenter des excuses, mais je pense que ça t'a plu autant qu'à moi.

Son souffle tiède effleurait son visage comme une caresse.

— Et je pense que tu veux que je t'embrasse encore, même si ça ne figure pas dans ce contrat stupide.

Elle ne songea pas à le détromper, car elle était avide de sentir de nouveau les lèvres masculines sur les siennes. Elle voulait vérifier si elle n'avait pas rêvé ce moment magique.

— Oui, dit-elle finalement.

— Oui ?

— Oui, je le veux, chuchota-t-elle.

Dès que les paroles eurent franchi ses lèvres, il s'inclina vers elle et elle se retrouva plaquée contre le mur. Il l'embrassa passionnément, et elle lui répondit avec la même fougue. Submergée par un ouragan sensuel, elle sentit toute pensée rationnelle la déserter. Seules comptaient les sensations qui la faisaient vibrer. Quand il s'interrompit et plongea le regard dans le sien, elle comprit à son expression hagarde qu'il contenait à grand-peine son désir, et ce constat la grisa.

Elle mourait d'envie qu'il la touche, qu'il la prenne *complètement.* Car elle était soudain lasse de la solitude qu'elle s'imposait. Elle voulait goûter à ces plaisirs hors d'atteinte qu'il lui avait fait miroiter. Même si ce n'était que pour une nuit. *Cette* nuit…

— Dis-moi ce que tu veux, Hester, murmura-t-il en écho à ses pensées. J'ai besoin de l'entendre de ta bouche.

L'expression tourmentée de son compagnon balaya ses ultimes inhibitions.

— Je suis *fatiguée* de ne rien ressentir, dit-elle, le souffle court. Je veux me sentir bien. En ce moment, je me sens bien. Je veux me sentir encore mieux. Avec toi.

Il saisit les poignets d'Hester. Quand il lui écarta les bras, la robe qu'elle tenait contre elle glissa le long de son buste, avant de tomber à ses pieds. Ses seins nus s'offrirent au regard de braise d'Alek, car le bustier était trop serré pour qu'elle puisse envisager de porter un soutien-gorge. L'expression sauvage qui assombrit le visage de son compagnon l'électrisa. Il reprit possession de ses lèvres, tout en la caressant avec une douceur bouleversante. Elle dut s'appuyer contre le mur, tremblante sous l'assaut des sensations délicieuses qu'il éveillait en elle.

Un soupir langoureux s'échappa de ses lèvres et elle ferma les yeux tandis que les mains d'Alek s'aventuraient en dessous de sa taille. Surprise par un déferlement voluptueux, elle voulut lui demander de cesser cette délicieuse torture, mais elle ne put que murmurer son nom comme une litanie.

— Alek… *Alek !*

En réponse à son imploration, il glissa une main dans sa culotte de soie. Elle se cambra sous ses caresses et, bientôt, elle cria son extase, avant de s'abandonner en tremblant de plaisir contre le torse viril de son compagnon.

Elle ne s'était pas encore complètement remise de son orgasme qu'il la soulevait dans ses bras et l'emportait dans son lit.

— Chérie… Tu es *tellement* sensuelle, dit-il. Je le savais.

Elle se fichait de ce qu'il savait. Devinant que ce qu'elle

venait de vivre n'était qu'un avant-goût, elle en voulait davantage. Elle se lova contre lui.

— Alek…

— Oh oui, caresse-moi, l'encouragea-t-il d'une voix rauque quand elle posa timidement une main sur son torse.

Galvanisée par l'aveu de son désir, elle s'exécuta. Tandis qu'elle explorait son torse viril, puis ses abdos musclés, et qu'elle le sentait frémir sous ses caresses, elle découvrit avec émerveillement que le plaisir sc savourait à deux. Ce n'était pas un phénomène à sens unique ; il naissait du partage, de l'échange.

Peu à peu, elle prit de l'assurance et, surmontant sa timidité, elle s'enhardit. Elle aida Alek à se déshabiller et elle savoura la découverte progressive de chaque parcelle de son corps athlétique. Elle fronça les sourcils quand ses doigts effleurèrent une cicatrice sur ses fesses musclées. Il sourit et l'attira contre lui. La fougue de son baiser lui fit oublier la question qu'elle voulait lui poser. Elle était comme captive du désir fulgurant qu'il éveillait en elle.

— S'il te plaît…

— Dis-moi ce que tu veux que je fasse.

— Je pensais que tu n'aimais pas qu'on te dicte ta conduite.

Elle avait bravement réussi à lui envoyer cette pique, mais quand il glissa une jambe entre ses cuisses et qu'il pressa les hanches contre les siennes en un mouvement lancinant, elle poussa un gémissement suppliant.

— Je peux faire une exception pour toi… Veux-tu que je t'embrasse ? demanda-t-il.

— Oui !

Il parcourut de baisers sa bouche, son cou et ses seins. Il s'attarda pour taquiner ses bourgeons dressés du bout de la langue, puis il poursuivit son exploration sensuelle plus bas, toujours plus bas. Il l'avait fait jouir quelques minutes auparavant, et pourtant elle éprouvait de nouveau cette sensation indéfinissable, exaltante et insupportable à la fois qui réclamait un assouvissement, et elle aspirait à une fusion plus totale.

Comme s'il l'avait sentie prête, il se redressa et chercha son regard.

— Veux-tu que je vienne en toi ?

— Oui !

— Tu es sûre ?

— Ceci est un rêve, Alek. Pour une nuit seulement.

Il ne souriait plus.

— Ce n'est pas un rêve, Hester. Quand tu te réveilleras, tu ne pourras pas revenir en arrière.

— J'ai envie de toi, Alek, alors ne dis plus rien, ordonna-t-elle. Ne gâche pas tout.

Le magnifique visage d'Alek irradiait quand il se pencha pour l'embrasser de nouveau, attisant son désir. Il s'interrompit un moment – elle comprit qu'il enfilait un préservatif —, mais il revint rapidement près d'elle. Elle se délecta de la sensation du poids de ce grand corps viril sur elle. Elle sentit qu'il glissait une main sous ses fesses pour la soulever, puis il la pénétra doucement. Elle laissa échapper un petit hoquet de surprise et de douleur mêlées quand il se glissa en elle.

— Hester ? demanda-t-il, le souffle court.

— Oui…

Oh ! surtout qu'il ne s'arrête pas ! Elle voulait qu'il lui fasse l'amour. Elle le voulait plus que tout au monde. Mais il n'avait apparemment pas l'intention de s'arrêter.

Elle frémit quand il plongea un peu plus profondément en elle. Il était si grand, si vigoureux ! L'espace d'un instant, elle fut submergée par une vague d'émotions. Puis il se mit à se mouvoir langoureusement en elle, sans cesser de l'embrasser avec une passion bouleversante. Des idées folles lui traversaient l'esprit. Elle avait l'impression qu'il puisait dans leur baiser l'oxygène nécessaire à sa survie. Elle s'émerveillait de la fusion parfaite de leurs corps. D'instinct, elle se mit à onduler en rythme avec son amant, exécutant une danse sensuelle qu'elle ne connaissait pas, mais dont elle découvrit qu'elle savait la danser avec lui. Elle s'agrippa à lui tandis que des vagues de plus en plus puissantes de plaisir l'assaillaient. Le souffle de son amant se fit plus rauque… Foudroyée par l'intensité de son orgasme, elle poussa un long cri. Il la rejoignit presque simultanément sur les sommets de l'extase et elle se retrouva à flotter dans un univers de lumière, de chaleur et de pure joie physique.

Puis la tornade s'éloigna. Le corps alangui et repue de plaisir, elle vit le petit sourire qui étirait les lèvres sublimes de son amant. La serrant dans ses bras, il roula sur lui-même et elle se retrouva allongée sur lui. Et il l'embrassa de nouveau. Elle se délectait de la merveilleuse sensation d'intimité qu'elle éprouvait quand elle perçut la curieuse réaction que ce baiser langoureux provoquait en elle. Ses hanches s'étaient mises à onduler d'elles-mêmes. En réponse à son expression surprise, Alek éclata d'un rire sensuel, puis il attira plus près de lui son corps féminin affamé de tendresse.

— Oh… Hester, murmura-t-il. Tu es extraordinaire !

8.

Allongé sur le côté, Alek contemplait, songeur, Hester qui dormait. Quand enfin elle se réveilla, sa réaction le prit au dépourvu. Évitant son regard, elle s'écarta de lui.

— J'ai fait la grasse matinée… Je suis désolée.

Elle se glissa hors du lit et attrapa une robe de chambre jetée sur le dossier d'un fauteuil. Il n'eut pas le temps de lui faire remarquer que c'était *sa* robe de chambre préférée, qu'elle avait noué la ceinture, dissimulant à sa vue la perfection de son corps féminin.

— J'ai passé un moment merveilleux, dit-elle. Merci.

« Merveilleux » ? Quel euphémisme ! Mais c'était mieux que ses sempiternels « très bien ».

— Pas de regrets ? demanda-t-il.

— Comment regretter quelque chose d'aussi agréable ? Maintenant, je vais retourner dans ma chambre.

De toute évidence, la jeune femme réservée avait repris le dessus sur l'amante passionnée. Bizarrement, son cœur se serra à l'idée de la voir partir.

— Tu n'es pas obligée.

D'ordinaire, il était soulagé quand une femme avec qui il avait fait l'amour s'en allait sans faire de vagues. Mais avec Hester, c'était différent. Il avait envie qu'elle reste.

— Je sais… Mais je… Mes vêtements sont là-bas.

Sans faire de bruit, elle quitta la chambre, comme pour effacer toute trace de sa présence.

Le regard perdu dans le vague, il songea combien il avait été difficile d'abattre les défenses de la jeune femme. Et ce matin, elle s'était de nouveau réfugiée derrière sa carapace. Peut-être avait-elle besoin de solitude pour réfléchir à ce qui s'était passé ? En toute honnêteté, un peu de réflexion ne lui ferait pas de mal à lui non plus.

Pour une nuit seulement. C'étaient les mots qu'elle avait chuchotés avant de se lover dans ses bras, et s'il était raisonnable, il s'en tiendrait à une nuit. Mais à quoi bon se voiler la face ? L'assouvissement de son désir n'avait pas étanché la soif qu'il avait d'elle. Il l'avait même exacerbée. Quant à sa curiosité envers tout ce qui la concernait, elle s'était décuplée.

Le départ d'Hester avait laissé un vide. Pourquoi n'avait-il pas essayé de la retenir, de la convaincre de faire encore l'amour ?

En regardant par la fenêtre, il vit que le temps était magnifique. Une idée purement égoïste germa dans son esprit. Il venait de se marier par devoir, pour le bien de son pays. N'avait-il pas droit à un peu de temps pour lui ? Fort de cette résolution, il appela son assistant.

— Marc ? J'ai l'intention d'emmener Hester au haras cet après-midi. Je vous laisse annuler les rendez-vous du reste de la journée et de demain.

— Monsieur…

— Deux nuits. Je compte sur vous.

Une minute plus tard, il frappait à la porte des appartements d'Hester et il entra sans attendre de réponse. Elle était dans le salon, tenant son coffret. Visiblement troublée par son arrivée inopinée, elle referma le couvercle cassé avec deux élastiques, avant de poser la boîte sur la table la plus proche.

— Que puis-je faire pour toi ? demanda-t-elle.

Il n'aima pas son attitude déférente qui lui rappelait le « contrat » qui existait entre eux. Leur relation n'avait-elle pas pris une autre dimension la nuit dernière ?

— Viens prendre le petit déjeuner avec moi au bord de la piscine, dit-il. J'ai des réunions ce matin, mais cet après-midi nous partons en voyage. Fais ta valise pour deux jours !

Hantée par le souvenir brûlant de leurs ébats, Hester fut incapable de soutenir son regard.

— Je pensais que nous devions rester ici pour les répétitions du couronnement, dit-elle en se raccrochant désespérément à leur programme officiel. À ce propos, j'ai lu dans mes notes que je devrai m'agenouiller devant toi. Est-ce vraiment nécessaire ?

— Tous les citoyens de Triscari y sont contraints, et l'épouse du roi la première.

— Encore heureux que tu ne me demandes pas de me prosterner ! maugréa-t-elle.

Il lui décocha un sourire et ses fossettes apparurent au coin de ses lèvres.

— C'est une bonne idée, mais peut-être pas en public… Quoi qu'il en soit, tout a l'air parfaitement prêt, nous pouvons donc voler deux journées pour notre lune de miel.

Une lune de miel ? Ça ne faisait pas partie du contrat ! Elle resta interloquée, et il en profita pour effleurer ses lèvres d'un baiser très bref.

— Non ! dit-il en riant. Tu ne me tenteras pas encore.

— Je n'ai rien fait ! protesta-t-elle.

— Hester, la gronda-t-il gentiment, tu n'as pas besoin de faire quoi que ce soit pour me tenter. Retrouvons-nous au bord de la piscine dans cinq minutes, d'accord ?

Allongée sur un transat, Hester essayait vainement de se concentrer sur l'intrigue du roman qu'elle lisait, mais les souvenirs de la nuit précédente ne lui laissaient aucun répit. Tout son corps vibrait encore à leur seule évocation. Elle comprenait mieux à présent pourquoi les gens prenaient autant de risques pour le sexe. Malgré son inexpérience, elle devinait toutefois que ce qu'elle avait vécu dans les bras d'Alek était exceptionnel, et que cela n'aurait pas été aussi fabuleux avec un autre. Tous les hommes n'étaient pas aussi attentionnés et soucieux du plaisir de leur partenaire.

Elle savait aussi que coucher avec elle n'était pas un événement marquant pour Alek. Cela ajoutait simplement du piment à leur contrat. Et elle ferait bien d'adopter le même détachement à l'égard de leur aventure si elle ne voulait pas mettre son cœur en danger et risquer de tomber amoureuse de lui, comme une malheureuse enfant abandonnée en manque d'affection…

Mais pour y parvenir, elle devait maintenir une certaine distance entre eux. C'est pourquoi ce projet de lune de miel la terrifiait. Ce qui s'était passé, la nuit dernière, ne devait pas se reproduire. Et même si elle ne regrettait rien, elle devait garder à l'esprit que tout ceci se résumait à une attirance purement physique.

Elle devait cependant reconnaître qu'Alek la fascinait bien au-delà de la simple attirance physique. Elle avait très vite soupçonné que la personnalité du prince était plus complexe que ce qu'il voulait bien montrer, et elle ne s'était pas trompée.

La plupart de ses actes étaient dictés par le sens qu'il essayait de donner à sa vie. Ce personnage de play-boy était le fruit de sa rébellion, et seulement une infime partie d'une personnalité beaucoup plus profonde car il était loyal, travailleur et foncièrement dévoué à son pays.

À ce stade de ses réflexions, elle dut se rendre à l'évidence : malgré tous ses efforts pour résister, elle éprouvait des sentiments très forts pour lui.

Quand elle retourna dans ses appartements pour faire sa valise, après le déjeuner, la première chose qu'elle vit, c'est que son coffret n'était plus sur la table où elle l'avait posé. Elle commença à paniquer. Elle fouillait frénétiquement son sac à dos pour la deuxième fois quand la voix d'Alek la fit sursauter.

— Hester ? Que s'est-il passé ?

Elle ne l'avait pas entendu frapper à la porte. Il regardait, interloqué, le désordre qui régnait autour d'elle. Elle réalisa qu'elle avait ouvert tous les tiroirs, retourné tous les coussins. Au comble du désespoir, c'est d'une voix tremblante qu'elle répondit :

— Je ne trouve plus ma boîte. Je ne peux pas partir.

— Attends, ne bouge pas, je reviens !

Moins de deux minutes plus tard, il était de retour. Toujours clouée sur place, elle serrait ses bras croisés contre elle, faisant son possible pour ne pas éclater en sanglots. Ébahie, elle vit qu'il tenait son coffret à la main.

— Pourquoi ? murmura-t-elle d'une voix brisée. Pourquoi l'as-tu pris ?

— Je pensais le remettre à sa place avant que tu t'aperçoives qu'il avait disparu. Je suis désolé de t'avoir causé cette frayeur.

Exténuée par la pression nerveuse qu'elle avait ressentie, elle se laissa tomber sur le canapé. Prenant une profonde inspiration pour se calmer, elle étudia la boîte. Machinalement, elle ouvrit et referma le couvercle, et elle s'aperçut que la charnière fonctionnait parfaitement. D'ailleurs, les élastiques avaient disparu. Son cœur se gonfla de reconnaissance quand elle réalisa ce qu'il avait fait.

— Tu l'as fait réparer…

Alek s'assit à côté d'elle.

— Oui. Je l'ai prise ce matin quand tu es partie à la piscine. Je voulais te faire la surprise. J'aurais dû te demander auparavant. Je suis désolé.

Bouleversée, elle garda les yeux obstinément fixés sur la boîte.

— Je ne vois même plus l'endroit où elle était cassée, dit-elle.

— Nous avons un ébéniste exceptionnel. C'est lui qui restaure et entretient tous les meubles du palais.

— Il l'a réparée en seulement quelques heures ?

— Je lui en avais parlé avant le mariage, alors il avait préparé tout le matériel nécessaire.

— Avant le mariage ?

Le cœur d'Hester manqua un battement. Il avait remarqué sa boîte et prévu de la faire réparer ?

— Je cherchais un cadeau qui te ferait vraiment plaisir.

Sa gorge nouée lui coupait le souffle. Ce geste qu'il avait fait pour elle était plus précieux que n'importe quel bijou. Elle n'était tout simplement pas habituée à des attentions aussi délicates.

— Je ne t'ai pas fait de cadeau, moi, dit-elle en levant enfin les yeux.

— Tu as accepté de m'épouser. C'est déjà beaucoup.

Étrangement, elle aurait voulu qu'il soit plus exigeant. Mais elle n'avait rien à lui offrir… dont il pourrait avoir envie. Gênée, elle détourna de nouveau le regard et ses yeux se posèrent sur la boîte qu'elle avait machinalement ouverte et qui contenait ses possessions les plus précieuses.

— C'est l'ébéniste qui les a rangés ? demanda-t-elle, hérissée à l'idée qu'un inconnu ait manipulé ses trésors.

— Non, je n'ai pas voulu qu'il touche à tes affaires. J'ai tout sorti avant de lui confier la boîte.

Elle était heureuse que lui seul ait touché ces objets. Cette preuve supplémentaire de sa délicatesse eut raison de sa méfiance viscérale. Elle eut soudain besoin de partager ses émotions – tristesse, secrets et sacrifices – avec lui.

— La boîte appartenait à mon père, dit-elle. Lui-même la tenait de son arrière-grand-père, elle est donc très ancienne. Elle servait à l'origine à ranger une montre à gousset, des boutons de manchettes et toutes sortes d'accessoires. Je l'adorais quand j'étais petite et papa me l'a donnée pour ranger mes trésors. Des billes, des morceaux de verre poli trouvés sur la plage. Nous avons trouvé celui-ci ensemble quand j'avais…

Le morceau de verroterie éveilla un flot de souvenirs, comme chaque fois qu'elle ouvrait la boîte. Ce qui n'arrivait pas si souvent, car l'expérience était toujours éprouvante. Mais en même temps, elle chérissait ses souvenirs et elle avait envie de les partager.

— Le crayon appartenait à ma mère.

Ce n'était plus que le bout d'un vieux crayon taillé jusqu'à l'extrême limite. Il y avait un morceau de cuir, aussi, vestige d'un porte-monnaie ayant appartenu à sa mère.

— Tu dois penser que je suis pathétique, dit-elle. Toutes ces petites choses cassées…

— Non ! répliqua-t-il en posant une main sur la sienne. Tout, autour de moi… Ce palais, les portraits… Tout me rappelle qui je suis, d'où je viens et qui je dois être. Tu n'as rien de tout cela, alors tu gardes ces objets. Chacun d'entre eux représente un souvenir chéri, n'est-ce pas ?

De nouveau, un flot d'émotions la submergea et elle ne put qu'acquiescer d'un hochement de tête. Son cœur battit plus vite quand il prit le bouton recouvert de soie blanche.

— Je suis content que tu aies voulu en garder un souvenir, dit-il.

Il avait reconnu le bouton de sa robe de mariée. Elle l'avait ramassé sur le tapis quand elle avait quitté les appartements d'Alek, le matin même.

— Je n'oublierai jamais la nuit dernière, chuchota-t-elle.

Tout comme elle n'oublierait jamais tous les souvenirs liés à ses trésors de bric et de broc. Elle referma le couvercle.

— Comment s'est-il cassé ? demanda-t-il.

— Avant, on pouvait même le verrouiller, dit-elle. Je portais la clé sur un ruban autour du cou, en espérant qu'ils ne la verraient pas sous ma chemise.

— *Ils ?*

— Mes cousins. Ils n'ont pas apprécié que je vienne vivre chez eux après la mort de mes parents. Mon oncle et ma tante répétaient sans cesse qu'ils avaient « fait ce qu'il fallait », mais j'étais clairement une intruse. Mon oncle a vendu la plupart des affaires de mes parents, mais j'ai réussi à garder ma boîte. Je ne m'en séparais jamais, car je ne leur faisais pas confiance. Mais un jour j'ai perdu la clé. Ils se moquaient de moi et disaient que je ne pourrais plus jamais ouvrir ma boîte. J'ai su alors qu'ils avaient trouvé la clé. Et ils savaient que je savais. Pour eux, me tourmenter était un jeu. Alors j'ai essayé de ne pas leur montrer à quel point cela me touchait.

— Laisse-moi deviner… Tu leur as dit que c'était « très bien » qu'ils aient gardé ta clé ? demanda-t-il en lui caressant doucement la main. C'est ta ligne de défense, n'est-ce pas ? Quand tu ne veux pas dévoiler ce qui se passe *là*.

Il posa le poing sur son cœur.

— Mon cousin Joshua m'a pris la boîte sous prétexte de m'aider à l'ouvrir. Avec un couteau, il a forcé la serrure, le couvercle s'est fendu, et tout le contenu est tombé par terre. Tous les trois, ils ont éclaté de rire en voyant mes trésors. Ils ont dit que c'était sans valeur, bon pour la poubelle. Comme moi… Je me suis enfuie. Je ne voyais pas d'autre moyen de me défendre.

La compassion qu'elle lut dans les yeux noirs d'Alek la bouleversa.

— Je ne te blâme pas, dit-il. J'aurais fait pareil.

Elle n'en croyait pas un mot. Lui se serait battu. Jamais il ne se serait laissé humilier.

— Je suis revenue des heures plus tard, à la nuit tombée. C'est à ce moment-là que j'ai su que je devais m'en aller pour de bon.

Une douleur poignante lui serra la poitrine. Elle n'avait jamais compris pourquoi ils étaient aussi méchants. Qu'avait-elle bien pu leur faire ?

— Si j'avais su… *Pourquoi* les as-tu invités ?

— Ils nous auraient causé plus de tort si je ne l'avais pas fait. Imagine ce qu'ils auraient raconté aux médias !

— Ça m'est égal.

— Tout va bien, Alek. Ils ne peuvent plus me faire souffrir.

— Rien ne « va bien », Hester, et tu le sais.

Un sourire lugubre apparut sur le visage de la jeune femme.

— Disons qu'ils ne peuvent pas me faire aussi mal qu'autrefois. Je ne suis plus une enfant vulnérable. Je me débrouille plutôt pas mal, maintenant.

— Tu fais plus que te débrouiller, affirma-t-il. Ce sont eux qui tiraient sur tes cils pour vérifier s'ils étaient vrais ?

Interloquée qu'il se souvienne de cette histoire, elle le dévisagea. Son cœur se gonfla à la pensée qu'il avait compris sans qu'elle lui parle.

— Non, ça, c'était des filles, à l'école.

— À l'école ? répéta-t-il, horrifié.

— Grâce à mes bonnes notes, j'avais obtenu une bourse pour un pensionnat très huppé. J'étais heureuse d'échapper aux cousins. Mais ce fut presque pire.

Sentant la rage rétrospective qui bouillonnait en lui, elle préféra minimiser ses déboires.

— Ces filles étaient de véritables pestes, dit-elle. Je me

suis enfuie de l'école. J'ai travaillé. J'ai fait des études. Je me suis débrouillée toute seule. Et je vais bien, maintenant. Vraiment.

Elle éprouva un léger choc quand elle comprit que c'était vrai. Elle venait de se marier avec un prince sous le regard de millions de personnes, elle se sentait capable de surmonter n'importe quelle épreuve.

Il la scruta intensément pendant un long moment, avant de hausser les épaules.

— L'artisan a aussi réparé la serrure, dit-il en sortant une minuscule clé ouvragée de sa poche. Tu peux donc la verrouiller de nouveau. Et cette fois-ci, je te conseille d'accrocher la clé à une chaîne.

Elle referma la main sur la clé et la serra contre son cœur.

— C'est tellement gentil de ta part, Alek !

Elle crut un instant qu'il allait l'embrasser, mais il se contenta de lui adresser un petit sourire, avant de se lever.

— Si nous voulons arriver avant la nuit, il est temps de partir, dit-il.

— Donne-moi quelques minutes pour que je puisse ranger.

— Les femmes de chambre s'en chargeront.

— Je ne vais pas leur laisser ce désordre, dit-elle, scandalisée. Elles vont penser que nous nous sommes battus, ou que sais-je encore.

Poussant un soupir faussement contrit, il attrapa une pile de coussins qu'il remit à leur place.

— Vu ma réputation, je pencherais plutôt pour « que sais-je encore », dit-il en lui lançant un sourire ravageur.

9.

La demeure à un étage semblait comme un joyau posé au milieu d'un écrin de verdure sur les hauteurs d'une autre île de l'archipel.

— C'est magnifique ! s'exclama Hester. Mais ça ne ressemble pas à une résidence royale. On dirait plutôt une maison de famille.

— Ma mère en a dessiné les plans et mon père l'a fait construire, avant ma naissance.

Le regard d'Alek s'était adouci et un sourire imperceptible flottait sur ses lèvres.

— C'est l'endroit où tu as grandi ?

— Oui. Elle voulait que nous soyons ici le plus souvent possible. L'école était en ville, bien sûr, mais nous passions tous les week-ends et toutes les vacances ici. C'était l'endroit où nous étions libres.

Hester se sentit honorée qu'il l'ait emmenée dans un lieu qui de toute évidence était important pour lui.

— *C'était ?*

— Mon père n'est jamais revenu après la mort de ma mère. Car c'est ici qu'elle est morte.

De toute évidence, il n'avait pas envie de s'étendre sur le sujet, car il se mit à marcher en direction de la maison. Son allure était si rapide qu'Hester était essoufflée quand elle entra dans le salon. L'intérieur de la maison était beaucoup moins guindé que celui du palais. Des canapés larges et profonds créaient une ambiance décontractée, empreinte d'une élégante simplicité.

L'autre chose qui l'avait frappée était que par toutes les fenêtres devant lesquelles ils étaient passés, elle avait vu des chevaux dans les prés alentour.

— Tu aimes vraiment les chevaux, fit-elle remarquer.

— Je vois que ça te laisse perplexe. Tu n'en as pas peur, j'espère ?

— Ce sont des animaux immenses et puissants, et ils pourraient me piétiner. Bien sûr qu'ils me font peur.

— Ils sentiront ta peur. Certains en profiteront pour te terroriser.

— Ils ressemblent aux humains, en somme.

— C'est vrai ! dit-il en montant l'escalier. Viens voir la vue de l'étage. Normalement, il y a du personnel, mais en l'honneur de notre mariage, je leur ai donné deux jours de congé. Nous sommes seuls.

Quand son téléphone vibra, il fronça les sourcils. Il s'arrêta néanmoins pour lire le message et taper une réponse rapide.

— J'ai l'impression que ça ne s'arrête jamais pour toi, fit-elle remarquer.

— J'imagine que c'est pareil pour toi. Entre les cours et la correspondance de Fi, tu ne devais pas avoir une minute à toi.

— J'aime être occupée. Je prenais même des créneaux supplémentaires au centre d'accueil.

— Quel centre d'accueil ? Pour les étudiants ?

— Non, c'est un lieu d'accueil pour les sans-abri, en ville. J'aidais les gens à effectuer des démarches administratives.

— C'est là que tu as envoyé l'argent de ton premier versement ?

— Oui, admit-elle en rougissant, comme s'il l'avait prise en faute. C'est une sorte d'œuvre de charité, comme tu l'as dit.

— J'ai l'impression que c'était plus personnel que ça.

La perspicacité dont il faisait preuve l'impressionnait. Et lui inspirait confiance. Elle décida de lui dire la vérité.

— Tu as raison, admit-elle. J'ai demandé au centre de transférer l'argent à une jeune mère célibataire. Lucia est seule au monde avec sa fille. Elle fait de son mieux pour l'élever. Elle me rappelle ma mère…

Alek soupesa cette information. Bien qu'il fût conscient que la parole d'Hester ne tenait qu'à un fil, il ne put pas s'empêcher de chercher à en savoir davantage sur elle, sur sa vie, ses rêves et ses espoirs.

— Parle-moi de ta mère, dit-il.

Elle le regarda et il eut l'impression de se noyer dans ses magnifiques yeux dorés.

— Parle-moi de la tienne, rétorqua-t-elle.

Sa mâchoire se crispa, mais il ne put s'empêcher de sourire. Elle avait le droit de lui poser cette question. Ne venait-elle pas de lui confier quelque chose de très personnel ? À son tour de lui faire confiance.

— Elle s'appelait Aurora et elle était issue d'une famille aristocratique du continent. Mon père l'a vue monter à cheval lors d'un concours équestre et il a eu le coup de foudre. Elle adorait ses chevaux, alors il lui a fait construire un haras. Ce fut son cadeau de mariage.

— Quel cadeau !

— En effet. Ils ont eu du mal à m'avoir et plusieurs années se sont écoulées avant la naissance de Fiorella. Je reconnais que j'ai été outrageusement gâté.

— Tout le monde devrait être gâté de temps en temps, dit Hester avec un sourire. Surtout par ses parents.

Une douce chaleur inonda le cœur d'Alek et il la prit par la main pour la conduire sur la terrasse couverte du premier étage. Il la fit asseoir sur un large canapé avec une vue magnifique sur les prés où s'ébattaient les chevaux, et plus loin, sur la mer.

— Ma mère m'a transmis son amour des chevaux, poursuivit-il. C'était notre passion commune. Mon père, pour sa part, était toujours accaparé par les affaires du royaume. Elle était pleine de vie. Elle était la lumière, et lui, l'ombre.

— À t'entendre, ils se complétaient bien.

Il étendit les jambes et l'attira plus près de lui, heureux au fond que la nuit tombante empêche Hester de voir son émotion.

— Oui, ils allaient bien ensemble. Elle savait révéler le meilleur en lui. Puis elle est tombée malade. Mon père s'est réfugié dans le déni et il n'a pas voulu renoncer à ses engagements. Il ne voulait même pas parler de sa maladie avec moi. J'avais quatorze ans et je n'étais pas idiot. Je suis resté ici avec elle. Je faisais défiler les chevaux devant la fenêtre de sa chambre, au rez-de-chaussée, où elle était alitée et nous discutions du programme de reproduction…

Il avait manqué des mois de cours, cette année-là.

— Et Fiorella ?

— Elle venait le week-end. Elle était jeune et ma mère voulait la protéger. Elle faisait de longues promenades à cheval. Une gouvernante s'occupait d'elle. Pendant ce temps, je restais avec mère et je lui lisais des livres à haute voix. Mais sa santé s'est rapidement dégradée. J'insistais pour faire venir des spécialistes, prévenir mon père, mais elle ne voulait rien entendre.

L'horreur de ce matin-là, la rage qu'il avait éprouvée, resurgirent avec force. À quoi servaient les honneurs, l'intelligence ou l'argent quand vous vous retrouviez démuni face à la mort ?

— Je n'ai rien pu faire contre la maladie.

Après un long silence, la voix douce d'Hester fut comme un baume sur son cœur meurtri.

— Tu as fait quelque chose, Alek. Tu étais *avec* elle. Elle n'a pas eu à affronter la mort seule. Ce n'est pas rien. Bien au contraire.

Il vit ses yeux briller à la lueur de la lune. Elle savait de quoi elle parlait quand elle évoquait la solitude. Et il avait l'impression qu'elle comprenait mieux que quiconque ce qu'il avait ressenti. Un sentiment de paix s'insinua en lui, et il put évoquer avec sérénité cette période douloureuse de sa vie.

— Que s'est-il passé ensuite ? Ton père, Fiorella, toi… Comment avez-vous surmonté votre chagrin ?

En réalité, aucun d'entre eux ne l'avait vraiment surmonté. Leur famille s'était désintégrée.

— Mon père n'a jamais remis les pieds ici. J'ai dû me battre pour pouvoir revenir régulièrement. Je refusais que les écuries soient fermées. Il y avait les employés, mais aussi les pur-sang…

— Et c'était le projet de ta mère.

— Oui. Elle aimait cet endroit et le haras lui tenait tellement à cœur que je n'ai pas voulu que son héritage disparaisse. Je le devais à sa mémoire.

— Et Fiorella ?

— La gouvernante veillait sur elle et elle allait bien. Mais notre père était de plus en plus strict et il voulait contrôler chaque aspect de nos vies. J'imagine que c'était sa façon de surmonter son chagrin.

— Et toi, comment faisais-tu ?

Il haussa les épaules avec une désinvolture feinte.

— Je… ne sais pas trop.

— Vraiment ? dit-elle avec une moue dubitative.

— Tu penses à ma vie sentimentale ? demanda-t-il, sur la défensive. Ça ne signifiait rien pour moi.

— C'était peut-être justement l'idée, dit-elle d'un ton léger. Ce qui ne signifie rien ne peut pas faire souffrir.

— Je ne vais pas te mentir, Hester. C'était très agréable.

Il se sentait mis à nu. Peut-être avait-elle raison. Peut-être que sa vie dissolue avait été plus qu'une échappatoire. Elle lui avait permis d'oublier sa frustration et son chagrin. De plus, il avait *aimé* être le « prince play-boy ». Il avait délibérément nourri sa réputation de séducteur volage. Puis son père était mort et il avait dû se plier à cette loi stupide, s'engager dans une relation qu'il n'avait jamais voulue. Dont il ne voulait d'ailleurs toujours pas… Du moins tentait-il de s'en convaincre.

— Chacun a sa façon de réagir à des moments difficiles de l'existence, dit-elle. Je me suis repliée sur moi-même. C'était mon choix. Ni toi ni moi n'avions nécessairement tort ou raison.

— J'aurais eu du mal à me refermer sur moi-même, dit-il avec une moue fataliste. J'ai toujours gardé à l'esprit qu'un jour je serais roi et que je devais essayer de faire du mieux que je pouvais.

— Tu t'inquiètes réellement de ta capacité à gouverner ? demanda-t-elle, incrédule.

Il rit.

— Tu penses être la seule à manquer d'assurance ? Bien sûr que je m'inquiète de ne pas être à la hauteur. Être roi est un métier à plein temps qui commence dès la naissance. Je ne cherche pas à me faire plaindre. Je sais que je suis privilégié et je veux agir au mieux dans l'intérêt de mon pays.

— Et c'est ce que tu fais. Ton peuple t'aime. Je vois tout le monde réclamer ton avis et t'écouter. Les gens sont conscients que tu ne te soucies que du bien de ton pays. Tu n'es pas égoïste ni futile, Alek, et tout le monde le sait. Ton devoir passe avant tout.

— Je croyais que j'étais un play-boy qui ne pensait qu'à s'amuser ?

— C'était peut-être le cas quand tu n'étais que prince héritier, mais tu as toujours fait le travail qu'on attendait de toi. En étant un bon roi, tu poursuis aussi l'œuvre de ton père, continua-t-elle. Mais tu es plus important que ta couronne, tu sais…

— Je sais, l'interrompit-il en levant la main pour écarter une mèche de cheveux qui retombait sur le visage d'Hester. Ne t'inquiète pas trop pour moi. Mon ego est en parfaite santé.

Elle n'en était pas si sûre.

— Mais vivre avec son chagrin isole, n'est-ce pas ? dit-elle.

— Je ne suis pas…

— Si, tu as du chagrin. Pour ta mère. Pour la vie à laquelle tu as dû renoncer.

Par un phénomène étrange, cette conversation fit réaliser à Hester à quel point elle aussi était seule au monde. Et soudain, toutes ces paroles qu'elle avait gardées pour elle depuis toujours se déversèrent en un flot libérateur.

— Moi, je suis triste quand je pense à la vie que j'aurais pu avoir si mes parents n'étaient pas morts dans cet accident de voiture, dit-elle. Cela a été tellement brutal ! Du jour au lendemain, j'ai été arrachée à mon environnement familier pour me retrouver chez des gens qui ne m'aimaient pas. La famille de mon père avait désapprouvé son mariage avec ma mère, qui n'était pas du même milieu très aisé qu'eux. Mes parents se sont rencontrés à l'école, et ils étaient fous amoureux l'un de l'autre. Ils étaient très jeunes quand ils m'ont eue. Ils vivaient au jour le jour, de petits boulots qui leur permettaient à peine de payer un loyer et de nous nourrir. Mais cela leur suffisait. Ils s'aimaient et ils m'aimaient. Avec le peu de moyens qu'ils avaient…

Elle s'interrompit et lui sourit timidement, comme pour s'excuser par avance de l'aveu qu'elle allait lui faire.

— Et je dois avouer que j'ai été très gâtée, moi aussi.

— Oh ! mon cœur, murmura-t-il. Si tu savais comme ça me fait plaisir.

— Nous n'avions pas grand-chose, mais nous avions tout… Tu comprends ce que je veux dire ? Nous n'avions aucun contact avec ma famille paternelle. Après l'accident, quand je suis arrivée chez eux, ces vieilles rancunes étaient toujours vivaces. Ils m'en voulaient, car je leur rappelais ce frère qu'on leur avait « volé ». Je ne pouvais pas leur dire à quel point mes parents avaient été merveilleux, car personne ne voulait m'écouter. J'ai rapidement compris que, pour supporter mon sort, je devais enfermer mon chagrin à double tour. J'ai mis toute mon énergie dans mes études dans l'espoir que mes résultats scolaires me permettraient de m'en sortir, et en fin de compte, c'est ce qui s'est produit. Mais une fois que j'ai été à l'université… J'étais devenue experte dans l'art de garder les autres à distance. Je rangeais mes trésors dans mon coffret et je faisais de longues promenades.

— Des promenades ? C'est le moyen que tu avais trouvé pour te sentir bien ?

Elle esquissa un sourire contrit.

— Oui. La plupart du temps…

Cette conversation avait un effet curieux sur Alek. Il se sentait à la fois incroyablement satisfait et déconcerté. À la fois apaisé et insatisfait. Mais le sentiment qui dominait était la confusion. Ce n'était pas ainsi qu'il s'était imaginé cette soirée. À cette heure, ils auraient dû être en train de faire l'amour. Au lieu de cela, ils partageaient quelque chose de beaucoup plus intime qu'une soirée de sexe débridé.

Le plus curieux dans tout cela, c'est qu'il avait envie qu'elle continue de lui parler.

— Comment s'appelaient tes parents ? demanda-t-il.

Elle lui répondit sans hésiter. Puis, à son tour, elle lui

posa d'autres questions. Il partagea avec elle des anecdotes insignifiantes qui la firent rire.

Quand les étoiles se mirent à scintiller dans le ciel, il se cala plus confortablement contre le dossier du canapé et l'attira contre lui. Il se délecta du contact de son corps féminin, tiède et voluptueux, tandis qu'elle poursuivait son récit.

10.

— Hester, réveille-toi ! La matinée est déjà bien avancée.

Encore ensommeillée, elle cligna plusieurs fois les yeux pour ajuster sa vision. Alek se tenait dans l'entrebâillement de la porte. Vêtu d'un jean sombre qui épousait les muscles puissants de ses cuisses, d'une chemise noire et de bottes d'équitation, il était beau comme un dieu.

Elle avait très bien dormi. Elle ne se rappelait même pas être allée au lit, ni si Alek était resté près d'elle. En tout cas, ils n'avaient pas fait l'amour… Elle devait se rendre à l'évidence : il s'était déjà lassé d'elle. Craignant qu'il devine la cause de la déception dans son regard, elle tourna la tête vers la table de chevet. Son coffret s'y trouvait et elle savait que c'était lui qui l'y avait déposé pour qu'elle le voie dès son réveil.

— Que dirais-tu de venir faire un tour à cheval avec moi ? demanda-t-il.

— Hein ? À cheval ! Est-ce vraiment nécessaire ?

— Oui. Et il n'y a pas de quoi s'affoler.

Après leur longue conversation, la nuit dernière, elle avait eu l'impression que leur relation avait pris un tour nouveau. Leurs confidences avaient tissé entre eux des liens plus puissants que ceux de la chair – aussi parfaite qu'ait été leur entente physique. Elle s'était endormie dans ses bras au milieu de la conversation. Elle ne s'était jamais sentie autant en confiance avec quelqu'un.

— Tu verras, c'est très amusant, lança-t-il avec un grand sourire. Allez, Hester ! Ce n'est qu'une petite aventure, et jusqu'à présent les aventures que nous entreprenons ensemble se sont plutôt bien passées, non ?

Quand il la regardait avec ce sourire espiègle, elle était incapable de lui résister. En fait, elle n'avait pas pu lui dire « non » depuis l'instant où elle avait accepté ce marché extravagant.

— D'accord, je viens, dit-elle.

Une lueur de triomphe illumina les yeux noirs d'Alek.

— On se retrouve en bas dans cinq minutes.

Malgré son appréhension à l'idée d'approcher un cheval, elle fut prête en quelques minutes. Au rez-de-chaussée, elle fit un crochet par la cuisine, où elle but une gorgée de café et prit une viennoiserie. Puis elle sortit dans la cour. Dès qu'elle vit les deux énormes chevaux qu'Alek tenait par la longe, son courage la déserta.

— Euh… En fait, j'hésite…

— Bess est très âgée et très douce, affirma-t-il en flattant l'encolure du cheval bai.

— Et l'autre ? demanda-t-elle en regardant d'un air méfiant le cheval noir qui se tenait à côté de la jument.

— C'est le mien.

Sans avoir besoin de le regarder, elle sut qu'il souriait et, curieusement, elle eut un sursaut de fierté. Elle prit une profonde inspiration et redressa les épaules.

— Ça va aller.

— Hester, dit-il d'un ton gentiment grondeur, tu n'as pas besoin de faire semblant avec moi. Je sais qu'afficher un calme olympien est ta façon de te préserver, mais je connais la vérité.

Il savait à quel point elle avait envie de lui ?

Ce fut la première pensée qui lui vint à l'esprit et elle sentit la panique s'emparer d'elle.

— La vérité ? répéta-t-elle d'une voix blanche.

— Je sais que tu as peur des chevaux.

Pour éviter d'avoir à croiser le regard de son compagnon – et risquer de lui dévoiler l'*autre* vérité —, Hester s'avança résolument vers Bess. Monter sur un cheval ne devait pas être si compliqué que ça ! Elle grimpa sur le tabouret qu'il avait posé à côté de la monture. Puis elle se tint au pommeau de la selle et, jetant un regard vers l'étrier, elle se souleva. Mais, soudain, le cheval fit un écart. Elle manqua l'étrier, perdit l'équilibre et tomba par terre.

Mortifiée, elle ferma les yeux quand Alek vint s'agenouiller à côté d'elle.

— Pas trop mal ? demanda-t-il.

— Non. Il n'y a qu'à moi que cela arrive, marmonna-t-elle.

— Tu n'imagines pas le nombre de fois où je suis tombé de cheval, s'exclama-t-il en riant.

— Je n'ai même pas réussi à monter dessus, Alek !

— Reste assise.

Puis il tourna la tête et s'écria :

— C'est bon ! Tout va bien !

Seigneur ! Ce n'était pas à elle qu'il parlait.

— Il y a des gens qui nous regardent ? demanda-t-elle. Ils ont vu ce qui s'est passé ? Génial !

Les yeux d'Alek se plissèrent et elle y découvrit une lueur amusée.

— Je pensais que tu te fichais de ce que pensent les gens.

— Disons que j'essaie, et la plupart du temps j'y arrive, mais parfois, non et je… je ne sais plus ce que je dis quand tu restes là à me regarder en souriant bêtement.

Elle passa la main sur son front. Elle ne se reconnaissait plus. Jamais elle ne parlait à tort et à travers. Où était passé ce « calme olympien » qu'Alek admirait ? Aux oubliettes ! Anéanti par la présence vibrante du prince.

— Tu n'as pas remarqué ma cicatrice, l'autre nuit ? Tu sais… sur mes fesses.

Il rit en la voyant rougir violemment.

— J'ai fait une chute idiote de mon poney, sur une branche basse, quand j'avais sept ans. Tout le monde riait.

— Tout le monde ?

— Mes parents, les palefreniers… C'est une cicatrice assez grande. Je suis sûr que tu l'as vue… Ou veux-tu que je te la montre maintenant ?

— Non ! s'écria-t-elle en s'esclaffant à son tour, avant de reprendre son sérieux. Tu vas vouloir que je remonte en selle, n'est-ce pas ? Mais je vois bien que je ne suis pas douée.

— C'est une question d'entraînement, Hester.

Il se pencha pour caresser sa joue et lui murmurer :

— Tu veux monter en croupe avec moi ?

— Sur Bess ?

— Non, Jupiter.

Elle leva les yeux au ciel.

— Je n'ai pas réussi à monter Bess, et tu penses que je vais y arriver avec Gigantor ?

— Jupiter, corrigea-t-il. Je t'aiderai.

Loin d'être rassurée, elle saisit toutefois la main qu'il lui tendait et se remit debout.

Les mains d'Alek tenaient fermement sa taille alors qu'il la soulevait comme si elle ne pesait pas plus qu'une plume. Il ne relâcha son étreinte qu'une fois qu'il se fut assuré qu'elle était bien assise sur la selle. Elle s'agrippa aux rênes pendant qu'Alek sautait nonchalamment en croupe.

— Tu peux lâcher, maintenant, dit-il.

Le souffle d'Alek dans son cou était tiède et elle percevait l'amusement dans sa voix. Il la serra contre lui et, l'espace d'un instant, elle éprouva la sensation de plénitude qu'elle avait ressentie à plusieurs reprises au cours de cette nuit magique où Alek l'avait initiée au plaisir, et ses yeux se fermèrent d'eux-mêmes. Mais elle les rouvrit quand le cheval se mit en mouvement.

— Ne t'inquiète pas, murmura-t-il. Nous allons commencer lentement.

Il rit quand il la sentit se crisper, puis il resserra son étreinte. Abandonnant toute résistance, elle se laissa bercer par le son de sa voix tandis qu'il lui nommait tous les chevaux qu'ils croisaient en longeant les pâturages. Il lui décrivit les aménagements et les bâtiments appartenant au haras tandis que Jupiter suivait un chemin qui se rétrécit quand ils entrèrent dans une forêt.

Peu à peu une sensation presque douloureuse de douceur s'insinua en elle. Des pensées lascives s'immiscèrent dans son esprit. Elle songeait qu'elle n'avait qu'à tourner légèrement la tête pour poser les lèvres dans le cou de son compagnon. Mais, craignant une rebuffade, elle n'osa pas.

Alek pressa les flancs de Jupiter pour le faire accélérer. Il voulait arriver à la source le plus vite possible, car sentir Hester si près de lui sans pouvoir la caresser ou l'embrasser confinait à la torture. Mais il était conscient que la bataille qui se livrait en son for intérieur était perdue d'avance. Il avait encore envie d'elle. Malgré ce qu'elle savait de lui maintenant, et ce qu'il savait d'elle. Peu lui importaient les conséquences.

— Je suis désolé d'avoir insisté pour que tu invites tes cousins, dit-il à brûle-pourpoint.

— C'est moi qui y tenais. Je voulais qu'ils me voient en princesse, en train de vivre un conte de fées. Au fond, ils ne me sont pas complètement indifférents. C'est plutôt stupide, tu ne trouves pas ?

— Non, je trouve que c'est humain.

Elle resta silencieuse pendant un moment, puis il sentit sa tension revenir.

— Quand ceci sera terminé, je veux que tout le monde pense que c'est moi qui suis partie, dit-elle. Je préfère être considérée comme la femme cruelle qui t'a brisé le cœur, plutôt que d'apparaître comme une victime. Ton ego supportera-t-il le choc ?

— Absolument.

Il n'avait aucune envie de penser à la fin de leur relation maintenant. Mais il comprenait son besoin de prouver aux yeux du monde qu'elle n'était pas une créature fragile qu'on pouvait mépriser. Il savait à présent qu'elle possédait déjà en elle ce pouvoir auquel elle aspirait. Elle était forte et elle était belle. Mais, apparemment, elle l'ignorait encore.

Il ne regrettait pas sa vie dissolue, mais la pensée d'être avec une autre femme lui paraissait maintenant inconcevable. Ce constat l'irrita. Comment avait-il changé de façon aussi spectaculaire en si peu de temps ? Quand il talonna Jupiter pour le lancer au trot, il sentit la respiration d'Hester s'accélérer, mais instinctivement, le corps de la jeune femme bougea en rythme avec le sien pour épouser la cadence du cheval. Dans la forêt, sous les frondaisons qui formaient un dais au-dessus d'eux, la sensation d'intimité s'accentua. À travers les arbres, il aperçut enfin la mer.

— Quelle vue magnifique ! murmura-t-elle.

Avec précaution, il guida Jupiter à travers les rochers et ils arrivèrent au bord d'un petit lac.

— C'est une source d'eau chaude ? s'exclama Hester en voyant la vapeur d'eau au-dessus de l'étang. On peut s'y baigner ?

— Oui. C'est mon jardin secret. Personne d'autre que moi ne vient ici.

— Et ces rochers… C'est fantastique !

— Ils sont incrustés de roche volcanique. Parfois, je trouve des éclats d'obsidienne par terre.

— Ils ont la couleur de tes yeux... C'est incroyable, Alek, on dirait... un endroit féerique.

Sa voix n'était qu'un murmure et Alek sentit son cœur se gonfler d'émotion tandis qu'elle s'exprimait enfin sans retenue.

— Pour moi, c'est le plus bel endroit au monde, dit-il.

— Je vais devoir descendre de ce cheval ? demanda-t-elle d'une voix étranglée.

Il rit en la serrant affectueusement contre lui.

— Avoue que ce n'était pas si terrible que ça. Ne bouge pas ! ordonna-t-il.

Avec une souplesse remarquable, il descendit de cheval, puis il se tourna vers elle. Elle se laissa glisser de la selle dans ses bras tendus et – Dieu sait comment – se retrouva plaquée contre son torse. Au lieu de la repousser, il caressa son dos et la serra davantage contre lui. Elle ferma les yeux pour savourer la sensation de bien-être qu'elle éprouvait, tout en luttant contre le désir de plus en plus violent qui la submergeait.

Naïvement, elle avait cru qu'une fois sa curiosité satisfaite, la faim sensuelle qu'il avait éveillée en elle disparaîtrait. Mais c'est le contraire qui s'était produit. Elle s'était livrée à lui et les délices auxquels il l'avait initiée n'avaient fait qu'exacerber son appétit.

Avait-il suivi le cheminement de ses pensées ? Toujours est-il que le sourire d'Alek s'évanouit pour laisser place à une expression de désir d'une intensité troublante.

La tension sensuelle atteignit son paroxysme quand Hester eut soudain une révélation. Pourquoi ne tendrait-elle pas la main pour s'emparer de ce dont elle avait envie ? Elle avait été privée de tendresse et de caresses depuis si longtemps... Bien sûr, elle savait que sa relation avec Alek n'était pas vouée à durer, mais pourquoi ne profiterait-elle pas de ce qu'il avait à lui offrir ?

Refusant de nier son désir plus longtemps, elle noua les bras autour de la nuque d'Alek et, se hissant sur la pointe des pieds, elle l'embrassa passionnément, comme si demain n'existait pas.

— Je dois… Euh… Il faut que je m'occupe de Jupiter, dit-il d'une voix hachée. Ça ne prendra que quelques minutes.

Il la relâcha, mais elle vit que ses mains tremblaient.

En proie à une exaltation grisante, elle se tourna vers la source d'eau chaude. Elle ôta son jean et son T-shirt, puis ses sous-vêtements. Elle voulait se sentir *libre*. Lentement, elle entra dans la cuvette naturelle où se jetait la source. Quand elle fut complètement immergée, elle savoura le contact apaisant de l'eau tiède sur sa peau brûlante.

— Hester ?

Au bord de l'étang, Alek la fixait, sidéré.

Poussée par une audace nouvelle, elle sortit de l'eau. Elle ne portait pas de robe de grand couturier, pas de maquillage. Elle était Hester, sans artifices, nue dans tous les sens du terme. Mais elle lut dans le regard d'Alek qu'il la trouvait belle. Il la désirait. Il était au supplice. Comme elle.

Pour la première fois de sa vie, elle n'eut pas peur de réclamer ce qu'elle voulait et elle réalisa qu'Alek n'était pas contrarié. Au contraire, il voulait qu'elle impose sa volonté, qu'elle assume ses désirs. Il était heureux qu'elle se sente libre d'explorer, d'exiger, de conquérir. Le sentiment glorieux de son propre pouvoir l'envahit. Elle allait prendre ce qu'elle voulait. Et ce qu'elle voulait, c'était lui.

Lentement, elle défit les boutons de la chemise de son compagnon. Il ne protesta pas, mais son torse se soulevait au rythme désordonné de sa respiration, signe qu'il était aussi excité qu'elle. Il s'écarta un instant pour se déshabiller. Quand il fut entièrement nu, elle prit le temps d'admirer sa splendeur virile, puis se mit à califourchon sur lui, savourant la sensation de ce corps athlétique entre ses cuisses. Elle caressa le corps splendide offert à sa convoitise. La force de ce qu'elle éprouvait pour lui avait quelque chose d'effrayant, au point qu'elle s'immobilisa soudain.

— Ne t'arrête pas, dit Alek en prenant son visage entre ses mains. Fais ce que tu veux.

— C'est toi que je veux.

— Hester…

La façon dont il prononça son prénom, dans un soupir, balaya son sursaut de timidité. Elle se glissa sur son sexe fièrement dressé et quand il fut en elle, ce fut comme s'il avait pris possession de son âme. Il laissa échapper un soupir de satisfaction, puis, d'une légère impulsion des reins, il l'encouragea à se mouvoir. Enhardie par les gémissements de plaisir de son amant, elle ondula sur lui, de plus en plus vite, jusqu'à ce qu'une explosion de plaisir la surprenne et lui arrache un cri…

Les soubresauts de l'orgasme agitaient encore le corps de son amant quand il l'enlaça.

— Hester, chuchota-t-il à son oreille. Hester, Hester, Hester. Tu me tues…

Secoué par l'expérience érotique la plus bouleversante qu'il ait jamais vécue, Alek serrait Hester contre lui. Il n'était pas sûr que son cœur retrouve un jour son rythme normal. Alanguie, comblée, Hester était tout contre lui et il ne voulait pas que ce lien fragile se rompe. Doucement, il la souleva dans ses bras et l'emporta vers l'étang. Là, ils se laissèrent flotter dans l'eau chaude, enlacés, sans cesser de s'embrasser encore et encore, jusqu'à ce que le désir les saisisse à nouveau…

Quand ils sortirent finalement de l'étang, il se pencha

pour saisir un caillou qui s'enfonçait dans son talon. C'était un petit éclat d'obsidienne qu'il glissa dans sa poche : il l'offrirait plus tard à Hester. Il l'observa du coin de l'œil. Visiblement, la passion qui avait explosé entre eux l'avait ébranlée elle aussi, au point de la rendre muette. Comme lui, d'ailleurs. Pour une fois, il n'avait pas envie de parler. Ni de plaisanter pour alléger l'atmosphère. Il n'avait qu'une idée en tête : lui faire l'amour, encore et encore…

Ils restèrent silencieux durant le chemin du retour. Il savait qu'ils devraient inévitablement revoir les termes de leur « contrat ». Mais plus tard. Pour l'instant, il voulait juste la tenir dans ses bras et la combler de plaisir.

Mais la réalité mit fin à ses fantasmes. Son assistant l'attendait avec l'intendant du domaine devant le haras. Il sentit Hester se figer contre lui quand elle les aperçut à son tour. De toute évidence, elle avait compris ce que signifiait ce comité d'accueil.

Son assistant eut la grâce d'afficher une mine désolée quand il s'inclina pour le saluer.

— Votre Altesse, un problème urgent est survenu. Nous devons retourner au palais immédiatement.

11.

Une profonde lassitude s'abattit sur Alek quand il comprit que le « problème urgent » qui les avait forcés à revenir après une seule nuit aurait parfaitement pu attendre deux ou trois jours. Il en voulait à ses ministres d'avoir saisi le premier prétexte pour le faire revenir au palais. Pourquoi ne pouvait-il pas passer une journée entière à faire l'amour avec sa femme ?

C'était Hester qui avait résolu cette mini-crise diplomatique, grâce à quelques suggestions qu'elle lui avait glissées, et qu'il avait à son tour soufflées à son ministre. Elle était intelligente, réfléchie et excellait à trouver des solutions. Égoïstement, il lui avait demandé de rester près de lui tandis que les réunions s'enchaînaient. Mais il avait fini par s'apercevoir qu'elle était fatiguée et il lui avait conseillé d'aller se reposer dans ses appartements. Il avait continué à travailler jusque tard dans la soirée, et n'avait pas eu le cœur de la réveiller quand l'avait trouvée endormie au moment où il avait regagné la chambre…

Maintenant qu'il était de retour au palais, il ne pouvait plus se soustraire à ses obligations officielles, mais la succession de réunions et de conseils ne l'empêchait pas de penser à Hester et aux moments intenses qu'ils avaient vécus près des sources d'eau chaude…

Soudain, il se figea en réalisant qu'il n'y avait littéralement eu aucun obstacle entre eux. Dans sa hâte à la posséder, il n'avait pas pensé une seconde à utiliser un préservatif, ce qui ne lui était jamais arrivé.

Et si… Hester était enceinte ?

Sous le choc, sa vision se brouilla. Il ne voulait pas d'enfant. Ou alors, le plus tard possible. Mais à la pensée qu'Hester portait peut-être son héritier, une sensation étrange l'envahit, et il songea que, curieusement, cette perspective ne l'horrifiait pas. Au contraire, l'émotion indicible qui lui nouait l'estomac depuis leur retour du haras avait disparu. Après tout, ils s'entendaient bien, et rester ensemble serait la solution aux problèmes d'Hester comme aux siens.

Enfin, elle connaîtrait un sentiment de sécurité durable. Si elle restait avec lui, plus personne n'oserait lui faire du mal. Les médias pouvaient certes parfois se montrer pénibles, mais ils s'en accommoderaient…

La porte de son bureau s'ouvrit doucement sur son assistant.

— Veuillez m'excuser, Votre Altesse, mais vous m'avez demandé de vous informer si votre femme sortait. Eh bien, elle se promène dans les jardins, mais je pense qu'elle n'a pas réalisé qu'ils étaient ouverts au public, à cette heure.

— Y a-t-il du monde ?

— Son garde du corps me signale que des membres de sa famille s'y trouvent aussi, monsieur.

— Bon sang !

Alek se rua vers la porte.

— J'ignorais que vous étiez encore là.

Au prix d'un effort de volonté, Hester réprima le réflexe qui la poussait à s'enfuir en courant. Aujourd'hui, Alek et Fi n'étaient pas près d'elle, mais elle se sentait tout à fait capable d'affronter ses cousins.

— Nous avons aussi été invités au couronnement, répondit Joshua avec une pointe d'hostilité.

Désarçonnée par cette rencontre imprévue, Hester songea qu'ils ressemblaient à des crocodiles, avec leurs grands sourires hypocrites.

— Tu as l'air un peu pâle, fit remarquer Kimberly. Tu vas bien ?

Sa voix dénotait une sollicitude trop appuyée pour être sincère.

— Très bien, merci, répondit Hester, soulagée d'avoir réussi à parler d'une voix posée.

— J'imagine que cela a été frénétique, ajouta sa cousine. Ce mariage inattendu… Le prince Alek a vraiment eu une chance incroyable de te trouver !

— C'est vrai, renchérit Brittany d'une voix mielleuse. Tu t'en es remarquablement bien sortie. Je n'arrivais pas à croire que c'était *toi* quand tu es entrée dans l'église. C'est incroyable ce qu'une robe sublime et un bon maquillage peuvent faire ! Maintenant Alek peut monter sur le trône, mais je m'attendais à une jeune mariée plus radieuse !

Leurs éclats de rire et leurs sous-entendus sonnèrent cruellement aux oreilles d'Hester. Ses cousins n'avaient pas changé et distillaient toujours leur venin…

L'ancienne Hester n'aurait pas répondu à leurs provocations. Elle se serait mise à l'écart en attendant qu'ils se lassent de la persécuter. Mais elle était plus forte, maintenant. Elle s'était montrée à la hauteur de la mission difficile qu'Alek lui avait confiée et, même si le prince n'était pas amoureux d'elle, il l'appréciait et il l'estimait. Elle était bien décidée à ne pas les laisser saccager sa toute nouvelle assurance.

— C'est juste que je suis un peu fatiguée après notre lune de miel secrète, susurra-t-elle. Nous n'étions pas censés partir, avec cette histoire de couronnement, mais…

Elle haussa les épaules d'un air désinvolte avant de lâcher :

— Mais que voulez-vous… Alek arrive toujours à ses fins quand il veut quelque chose. Et c'est moi qu'il veut.

Curieusement, la satisfaction qu'elle éprouva ne venait pas des mines ébahies de ses cousins, mais de la révélation qu'elle eut à cet instant : ce que ces gens pensaient d'elle lui était désormais *réellement* indifférent.

— Maintenant, si vous voulez bien m'excuser…

Elle passa devant ses cousins, toujours sidérés, et ce fut son tour d'éprouver un choc quand elle découvrit Alek et son garde du corps, non loin de là. Elle n'avait pas remarqué son arrivée. À son regard interrogateur, elle comprit qu'il avait entendu sa conversation.

— Tout va bien, Hester ? demanda-t-il.

— Parfaitement bien, Alek, répliqua-t-elle à haute et intelligible voix. Mais Kimberly, Brittany et Joshua viennent de m'annoncer qu'ils ne pourront pas rester jusqu'au couronnement. Ils doivent rentrer aux États-Unis dès ce soir.

— Ah, je vois ! dit Alek, avant de se tourner vers l'aide de camp qui l'avait suivi : Veuillez raccompagner nos invités à leur hôtel et veiller à ce qu'ils embarquent dans le premier avion en partance, je vous prie !

— Bien sûr, Votre Altesse.

Hester suivit du regard ses cousins qui, pleins d'une colère muette, sortaient de sa vie.

Alek vit toute une série d'émotions traverser le visage d'Hester : colère, satisfaction, tristesse et soulagement. La détermination dont elle avait fait preuve quand elle avait tenu tête à ses cousins l'avait impressionné.

En réalité, cette passion avait toujours existé, profondément enfouie en elle, mais quand elle la laissait s'exprimer… elle était incroyable. Et il eut de nouveau envie d'être seul avec elle. Mais avant tout, il devait lui soumettre la nouvelle proposition qu'il avait imaginée, dans un endroit calme.

— J'ai réfléchi, dit-il une fois qu'ils furent seuls dans

son bureau. Je pense que nous ne devrions pas mettre un terme à notre mariage. Tu réalises que nous avons eu des rapports non protégés ?

Elle rougit à l'évocation de leurs ébats torrides et baissa la tête.

— Oh ! j'aurais dû te prévenir, mais… Je ne vais pas tomber enceinte. Je prends la pilule pour d'autres raisons. Je suis désolée que tu te sois inquiété.

Quelques secondes furent nécessaires à Alek pour surmonter ce qu'il fallait bien nommer… *sa déception* !

— Je n'étais pas inquiet, dit-il. Quoi qu'il en soit, je pense que nous devrions rester mariés. Pour de bon.

Visiblement abasourdie, elle se contenta de le dévisager.

— Je dois songer à avoir des enfants un jour, ajouta-t-il.

— Tu disais que tu n'étais pas pressé.

— C'était vrai. Je ne voulais pas faire peser ce fardeau sur leurs épaules. Mais maintenant, je me dis que si j'ai des enfants tôt, ils auront davantage le temps de vivre leur vie comme ils l'entendent, d'accomplir leurs rêves, tant que je régnerai. Et puis, nous nous entendons bien, n'est-ce pas ?

Pourquoi ne souriait-elle pas ? Pourquoi le dévisageait-elle avec cet air atterré, comme s'il tenait des propos délirants ? Pourquoi se sentait-il soudain tétanisé ?

— Tu es prêt à te contenter de ça ? demanda-t-elle finalement. Et qu'en est-il de tes rêves ?

— Nous nous ressemblons beaucoup, Hester. Au fond, toi non plus, tu ne crois pas à toutes ces fadaises romantiques. C'est pour ça que tu as accepté ce mariage de convenance.

— Un mariage de convenance *temporaire*, oui. Mais entre-temps j'ai découvert que je voulais plus.

Elle voulait fonder une famille avec un homme qu'elle aimerait d'un amour sincère.

— Je mérite autre chose, ajouta-t-elle.

— Tu pourrais tout avoir.

— Que veux-tu dire par « tout » ?

— La sécurité. La tranquillité.

Que s'imaginait-il ? Qu'elle avait besoin d'un protecteur ? Parce qu'elle n'avait pas réussi à se protéger elle-même ?

— Quoi que tu en penses, ce n'est pas le plus important à mes yeux, répliqua-t-elle. Que suis-je pour toi ? Un trophée à pendre à ton bras ? Je ne veux pas être ta protégée. Je ne veux pas de ta pitié !

— Ça n'a rien à voir avec la pitié !

Elle n'en croyait pas un mot.

— Tu m'as épousée sur un coup de tête, parce que tu étais pressé de monter sur le trône. Et maintenant, tu prétends que c'est ce que tu veux pour le restant de tes jours ? Une relation superficielle, froide comme un contrat…

— Il n'y a rien de froid quand nous nous retrouvons entre deux draps, Hester.

— Pour toi, ce n'est que du sexe. Sans le moindre engagement…

Sous l'accusation, elle vit les mâchoires de son compagnon se crisper.

— Et toi, tu veux autre chose ?

— Penses-tu vraiment que j'aurais couché avec toi si je ne ressentais rien de plus qu'une attirance purement physique ? Je ne veux pas me contenter de sécurité et de tranquillité, dit-elle. Je veux *tout*, Alek.

— Tout quoi, Hester ? Des serments au clair de lune, comme dans les contes de fées ?

— L'amour n'existe pas que dans les contes de fées, dit-elle en soutenant son regard. Mes parents s'aimaient. Et je pense que tes parents aussi.

Maintenant qu'elle avait commencé à lâcher la bride à ses émotions, elle ne pouvait plus s'arrêter.

— Oui, c'est ce que je veux. L'amour. Et, en toute franchise, j'aimerais bien que ce soit avec toi.

Elle vit que sa déclaration lui avait fait l'effet d'un coup de poing.

— Je ne… Je ne partage pas ce désir, dit-il enfin. Ce n'est pas toi qui es en cause…

— Arrête…

— Je ne peux offrir ça à personne, poursuivit-il sans tenir compte de son ordre. Je n'ai jamais pu et ne le pourrai jamais. Ce n'est pas dans ma nature.

— Quelle excuse lamentable ! On dirait que tu as peur. Mais de quoi ? Moi aussi, j'avais peur, mais c'est fini. Maintenant, je me battrai pour ce que je veux. Ironiquement, c'est grâce à toi. C'est toi qui m'as donné confiance en moi. Tu peux peut-être te satisfaire d'une vie aussi superficielle, Alek, mais pas moi.

— Tu penses que je suis superficiel ?

— J'avais espéré que non. Je sais que tu es très généreux. Avec ta sœur, et même avec moi. Mais comme tu ne partages pas mes sentiments, tu ne comprends même pas que tes paroles me blessent.

— Tu préférerais que je te mente ?

— Bien sûr que non.

Il avait du mal à contenir sa colère, à présent.

— Et maintenant, que comptes-tu faire ? T'enfuir parce que je ne peux pas te donner ce que tu veux ?

— Non. Nous avons conclu un marché et je ne reviendrai pas sur ma parole. Mais nous nous en tiendrons aux termes du contrat.

— C'est-à-dire ?

— Je ne coucherai plus avec toi.

— Tu penses vraiment que c'est possible ?

Quelle arrogance ! Son incrédulité avait quelque chose d'insultant.

— C'est la condition pour que je reste avec toi jusqu'au divorce.

— Tu vas devoir fermer la porte de ta chambre à double tour, Hester. Et pas uniquement pour te protéger de moi…

— Je sais.

— Si c'est difficile, pourquoi lutter ? Pourquoi ne pas tout simplement accepter que nous sommes bien ensemble, Hester ? Il n'y a pas de raison que ça ne dure pas.

N'avait-il donc rien compris de ce qu'elle lui avait dit ? Elle refusait de se contenter d'une relation au rabais.

— Écoute, Alek. Je veux plus que cela. Je mérite plus. Jamais je ne me contenterai de ce genre d'union !

Cette fois, elle s'enfuit. Elle quitta le bureau sans se retourner, car elle savait que si elle n'échappait pas à ce regard intense, elle capitulerait.

Mais sa résolution était prise. Presque toute sa vie, elle avait dû se contenter de peu. Son manque d'assurance l'avait empêchée de s'ouvrir aux autres, d'aimer. Alex l'avait métamorphosée. Elle s'était autorisée à tomber amoureuse. À aimer, enfin…

Mais l'idée de vivre avec lui, alors qu'elle l'aimait sans espoir d'être aimée en retour, était trop douloureuse pour qu'elle puisse accepter sa proposition.

12.

Hester se reconnut à peine dans l'image de la femme mince et élégante que lui renvoyait son miroir. Elle était prête pour ce couronnement qui était la raison même de leur mariage.

Comment avait-elle pu tomber amoureuse d'Alek et oublier qu'il l'avait épousée uniquement pour accéder au trône ? Maintenant, à cause de leur indéniable complicité au lit – et en dehors —, il s'était mis en tête que leur relation pourrait durer. Or elle ne pouvait pas vivre toute sa vie avec un homme qui ne l'aimerait jamais comme elle l'aimait. Elle aurait le cœur brisé.

Une année lui paraissait maintenant interminable. Elle était bien déterminée cependant à faire bonne figure en public et à jouer son rôle. Dieu merci, le palais était suffisamment vaste pour qu'elle ne rencontre pas son mari en dehors de leurs obligations officielles ! Une fois l'année écoulée, elle retournerait aux États-Unis, ou – pourquoi pas ? – tout à fait ailleurs. Elle prendrait un nouveau départ. En attendant, toutes ces années passées à masquer ses émotions allaient lui être utiles pour offrir aux yeux du monde l'image d'une reine lors de la cérémonie qui s'annonçait grandiose.

Hester ne s'était pas enfuie, mais d'une certaine façon, c'était pire. En dehors des répétitions en vue du couronnement, auxquelles elle participait de bonne grâce, il ne la voyait jamais. Elle était devenue une sorte de feu follet qui hantait le palais. Il entendait le bruit de ses pas, il percevait les effluves de son parfum, mais il ne la croisait pas. Elle était très douée pour se rendre invisible.

Après l'aveu qu'elle lui avait fait, il comprenait qu'elle l'évite, car le voir devait lui être une souffrance. Mais lui aussi souffrait, car sa présence lui manquait.

Pourtant, en le confrontant à ses contradictions, elle l'avait obligé à se remettre en question. Il avait compris que, malgré sa vie sociale trépidante, il s'était en réalité replié sur lui-même depuis la mort de sa mère. Oui, Hester était la cause de sa crise de conscience, mais son intuition lui soufflait qu'elle était aussi le remède au mal qui le rongeait.

Elle lui avait demandé quels étaient ses rêves, alors qu'il ignorait qu'il en avait jusque-là. Mais aujourd'hui, à cause d'elle, il avait du mal à envisager une vie uniquement consacrée à ses devoirs de monarque, s'autorisant de temps en temps quelques plaisirs éphémères.

Il aspirait au bonheur, aux rires partagés et au sentiment de plénitude qu'il éprouvait quand il était avec elle. Il voulait – désespérément – que ce mariage devienne une réalité et non plus une mascarade. Il rêvait d'avoir des enfants, avec elle. Il voulait être ce que son père n'avait pas été. Présent. Un père *à l'écoute* de ses enfants.

Une femme. Des enfants. L'amour… Toutes ces choses qu'il pensait fuir comme la peste, elle lui avait donné envie de les posséder.

Il n'en revenait pas de s'être aussi complètement trompé sur le compte d'Hester. Il la croyait timide et docile, alors qu'elle était forte et indépendante. Et la femme qu'il avait découverte l'avait ensorcelé. Aurait-il le courage de lui avouer qu'elle avait raison ? C'était par lâcheté qu'il lui avait proposé cet arrangement indigne d'elle, indigne d'eux.

Tôt ce matin-là, après une nouvelle nuit sans sommeil à sonder son cœur, la solution lui était apparue.

À présent, alors que de nouveau elle marchait lentement vers lui sous les regards admiratifs de la foule, il réalisa qu'elle s'était retranchée derrière sa carapace. Elle s'avançait vers lui, altière, la démarche assurée, et il se consumait de fierté pour elle. Mais n'était-ce pas trop tard ?

Vêtue de sa somptueuse robe d'apparat, elle était magnifique. Sur l'étoffe bleue comme la mer entourant l'archipel, se détachait l'écarlate royal de l'écharpe de soie brochée qui barrait sa poitrine. Ses cheveux étaient coiffés en chignon et de longs gants de soie couvraient ses avant-bras.

Lui seul, sans doute, devinait les tourments qu'elle vivait. Mais quand leurs regards se croisèrent, elle baissa aussitôt la tête. Il brûlait d'envie de courir vers elle, de la prendre dans ses bras et de la supplier de lui pardonner de l'avoir fait souffrir.

Mais il se retint. Oui, il allait lui demander pardon, mais plus tard. À son tour, il était déterminé à mériter son amour, et à lui montrer combien elle comptait pour lui.

Son visage ne trahissait aucune émotion, mais le cœur d'Hester saignait tandis qu'elle s'avançait vers Alek, scrutée par une foule d'invités et par des millions de téléspectateurs dans le monde. C'était elle qui, premier sujet du royaume, devait prêter allégeance au roi.

Debout sur l'estrade de la salle du trône, celui-ci portait la cape de velours rouge et la couronne. Elle n'eut pas la force de lever les yeux vers lui, une attitude que le public prendrait sans doute pour de la déférence envers le souverain.

Lentement, elle s'agenouilla devant lui.

— Hester…

Incapable de résister à l'intonation impérieuse de sa voix grave, elle redressa la tête.

— Je ne veux pas que tu t'agenouilles devant moi, murmura-t-il afin qu'elle seule puisse l'entendre.

Interloquée par ces mots qui n'avaient pas de sens, elle prit machinalement la main qu'il lui tendait, et elle se releva.

— Que…

— Fais-moi confiance, Hester, dit-il sans bouger les lèvres.

Que se passait-il ? Pourquoi déviait-il du scénario qu'ils avaient répété ? Les invités partageaient apparemment sa confusion, car elle entendit des murmures s'élever derrière elle. Toute l'assemblée, toutefois, respectant scrupuleusement le protocole, resta agenouillée. Alek, quant à lui, avait fait un pas de côté, et tenait à présent une couronne dans les mains. Plus petite que celle qu'il portait lui-même, mais tout aussi scintillante. Il croisa son regard pendant une seconde seulement avant de s'adresser à l'assemblée qui les contemplait sans cacher sa surprise.

— Accordez-moi un instant pour vous expliquer ce qu'il se passe, déclara-t-il. Je suis très attaché à nos traditions, mais j'aimerais aussi en instaurer de nouvelles. Je ne souhaite pas, en effet, que la femme qui sera ma partenaire pour la vie s'incline devant moi.

Un nouveau murmure monta de l'assemblée, qu'Alek fit taire d'un geste de la main.

— Ce couronnement est un moment heureux et triste à la fois, car il n'a lieu que parce que nous avons perdu mon père, qui était un grand roi. Il s'était entièrement dévoué à son pays et à vous, son peuple. Mais c'était aussi un homme seul depuis la mort de ma mère. J'avoue que je trouvais archaïque l'obligation pour le monarque de se marier pour pouvoir accéder au trône… Or très récemment, j'ai compris que cette loi n'avait pas été instaurée pour le bien du royaume, comme je le pensais, mais pour le mien. Pour m'obliger à trouver une partenaire, une femme avec qui je partagerais tout, la fortune et les récompenses, l'espoir et les rêves, et aussi le poids de cette couronne. Alors je considère que c'est un honneur, un privilège pour moi de m'incliner devant *vous*. D'offrir ma vie au service de mon peuple et de mon pays. Et finalement, d'offrir mon amour à ma reine. Hester…

Abasourdie par la déclaration d'Alek, bien qu'elle sût qu'elle était destinée à accréditer la fable de leur mariage, Hester entendit comme au loin la clameur enthousiaste qui ébranla les murs de la salle, et celle, venant de la foule amassée devant le palais, où la cérémonie était retransmise sur des écrans géants. Les gens clamaient le nom de leur roi. Et le sien aussi.

Alek et Hester !

Alek et Hester !

Alek et Hester !

Troublée par l'intensité qu'elle voyait vibrer dans le regard du roi, elle s'avança néanmoins vers lui pour qu'il puisse poser la couronne sur sa tête.

À sa grande surprise, il s'inclina alors devant elle qui, instinctivement, répondit à son geste en faisant une profonde révérence. Ils se relevèrent d'un même mouvement, et il lui prit la main. Heureusement, car elle n'était pas sûre que ses jambes flageolantes la soutiendraient un instant de plus. Puis, sous les applaudissements de l'assemblée, ils quittèrent la salle du trône pour aller sur le balcon d'honneur, d'où ils saluèrent la foule.

Quand Alek estima qu'ils s'étaient assez montrés, il l'entraîna dans un petit salon, dont il referma la porte au nez des officiels qui faisaient mine de leur emboîter le pas.

— Veuillez nous laisser seuls quelques minutes, ordonna-t-il.

Trop bouleversée pour pouvoir parler sans trembler,

Hester préféra lui tourner le dos, le temps de recouvrer sa contenance.

— Quel spectacle extraordinaire ! dit-elle d'une voix où perçait cependant sa colère contenue. Tu les as vraiment surpris !

— Hester, regarde-moi !

La voix masculine lui parut dangereusement proche et en effet, l'instant suivant, Alek la faisait pivoter, les mains sur ses épaules. Pour sa tranquillité d'esprit, elle préféra ne pas chercher à comprendre l'émotion indéchiffrable qu'elle lut dans les prunelles noires de son compagnon.

— Ce discours dont j'ai pesé chaque mot n'était pas un spectacle destiné au public, Hester, mais à toi. Je ne veux pas être roi sans toi à mes côtés. Ce que je t'ai offert n'était pas assez pour toi, Hester. Je ne l'ai compris qu'au cours de ces derniers jours. J'ai enfin réalisé à quel point mes promesses étaient creuses. Et stupides.

Stupéfaite par le tour que prenait la conversation, Hester ne savait plus que penser tandis qu'un espoir qu'elle aurait voulu étouffer naissait en elle.

— Moi aussi, j'étais retranché derrière des murailles, Hester. Je l'ignorais, c'est tout. Toutes ces femmes ? C'était un moyen de fuir. Je ne m'attachais à personne, et je ne me suis jamais demandé pourquoi. Tu m'as aidé à y voir clair et j'ai compris que je ne m'étais jamais penché sur ce que j'avais vécu. La douleur causée par la mort de ma mère, mon père qui se réfugiait dans le travail… À ma manière, j'ai suivi son exemple. Je t'ai accusée de vivre repliée sur toi-même par lâcheté, mais tu es plus courageuse que je ne l'ai jamais été. Quand tu as découvert ce que tu voulais vraiment, tu as osé te battre pour l'avoir.

— C'est grâce à toi. C'est toi qui m'as fait comprendre ce que je valais. Et ce que je voulais réellement.

— Ce que tu méritais, surtout. Je sais que tout est allé

très vite, mais donne-moi une chance, Hester. Donne-*nous* le temps. Tout ce que je sais, pour l'instant, c'est que je suis tombé amoureux de toi.

— C'est impossible…

Le sourire qui la faisait craquer étira les lèvres de son compagnon.

— Pourquoi ? demanda-t-il. Tu es bien tombée amoureuse de moi, toi !

Elle déglutit avec peine, puis elle se jeta à l'eau.

— C'est vrai. Mais…

— Contrairement à toi, je n'osais pas me l'avouer, l'interrompit-il. Jusque-là, j'avais toujours réussi à éviter de m'impliquer dans une relation. Mais tu t'es immiscée dans ma vie et soudain, j'ai perdu toutes mes certitudes. Mais je suis sûr d'une chose : je ne veux plus de l'existence vaine que je menais. Et je ne supporterais pas de te perdre. Je déteste cette distance qu'il y a eu entre nous ces derniers jours. Je sais que je te demande beaucoup. Je sais que mon quotidien est parfois compliqué, mais ta place est ici, avec moi. Tu y seras chez toi. Reste, Hester. S'il te plaît…

— Ce n'est pas ce que tu me proposais, avant. Pourquoi as-tu changé d'avis ?

— Parce que j'ai compris que j'étais un idiot. Inconsciemment, j'avais fermé mon cœur à double tour pour m'épargner les souffrances qui vont de pair avec l'amour. Mais je n'arrive pas à m'empêcher de t'aimer, et je ne le veux pas. Je t'aime. Et je veux que tu me laisses t'aimer.

Devait-elle le croire ? Mentait-il pour la faire changer d'avis ?

— Est-ce si difficile de croire que je t'aime ? demanda-t-il, en écho à ses pensées.

— J'ai du mal à penser qu'on puisse m'aimer, avoua-t-elle. Cela fait si longtemps…

Il effleura délicatement sa joue du bout des doigts, lui

donnant le sentiment d'être la femme la plus *précieuse* au monde.

— Je sais, murmura-t-il. Mais je pense que beaucoup de gens vont t'aimer, si tu les y autorises. Tout un pays va t'aimer.

Cette perspective avait quelque chose d'effrayant.

— Je ne veux pas de tout cet amour, dit-elle. Je te veux, toi, c'est tout.

— Si tu ne veux pas rester ici, si c'est au-dessus de tes forces, je comprendrai. Et nous trouverons une solution.

— Bien sûr que je veux rester, Alek ! Je veux vivre avec toi. Travailler à tes côtés.

Oui, elle resterait près de lui et elle ferait tout pour le seconder dans la tâche ardue qui l'attendait. Tout comme il était prêt à le faire pour elle, elle en était convaincue à présent.

Quand il l'enlaça, l'expression de son regard l'éblouit. Leurs couronnes avaient beau scintiller de tout l'éclat de leurs joyaux, elle ne voyait que l'émotion qui illuminait les yeux noirs d'Alek.

— J'ai quelque chose pour toi, dit-il.

Il défit deux boutons de sa tunique d'apparat et glissa la main dans la poche intérieure. Quand il la ressortit, elle vit qu'il tenait dans sa paume un éclat d'obsidienne.

— Je l'ai trouvé près de la source, dit-il. Je pensais que…

Si elle ne l'avait pas mieux connu, elle aurait cru que c'était de la timidité qui voilait le regard de son mari.

— … Que tu voudrais le garder dans ta boîte, reprit-il. Et maintenant j'ai envie que nous collectionnions d'autres souvenirs, *ensemble*.

Des petits trésors qui leur rappelleraient des moments inoubliables et qui auraient plus de valeur que les plus précieux des joyaux.

Il posa la petite pierre dans la main d'Hester et elle songea qu'il lui avait déjà fait un cadeau d'un prix inestimable. Il lui avait donné accès à son cœur, à son âme, et elle veillerait jalousement sur ces biens si précieux. Tout comme Alek lui promettait, par ce geste émouvant, de toujours veiller sur son cœur à elle.

Il faisait plus que la désirer. Il était là pour elle. Il l'aimait !

Couvrant son visage mouillé de baisers aériens, il la serrait contre lui comme s'il avait peur qu'elle disparaisse. Son étreinte était presque douloureuse. Mais elle s'en délecta, et elle répondit à son baiser avec tout l'amour qu'elle éprouvait pour lui.

Quand ils durent s'interrompre pour reprendre leur souffle, il éclata de rire.

— J'aurais dû me douter que j'étais définitivement perdu quand l'idée que tu puisses être enceinte ne m'a pas inquiété outre mesure, avoua-t-il. Je pensais ne jamais vouloir d'enfant. Et maintenant, je suis impatient de voir toute une ribambelle d'Hester miniatures roulées en boule dans un fauteuil, dévorant leur livre préféré.

Elle ne put pas s'empêcher de rire à travers ses larmes.

— Pendant que des mini Alek épateront la galerie avec leurs dons de ventriloquie ?

— C'est à peu près ça, dit-il en l'enlaçant de nouveau. Tu ne doutes plus de mon amour, maintenant ?

Elle posa la tête sur sa poitrine et noua les mains autour de sa taille. Après ces journées de souffrance et de doutes, elle avait besoin de sentir sa force, sa présence solide et bien réelle contre elle.

— Non, dit-elle.

— Je meurs d'envie d'être seul avec toi, reprit-il en poussant un soupir à fendre l'âme. Mais pour l'instant, nous allons devoir retourner auprès de nos invités. Tu t'en sens capable ?

Elle leva la tête et lui sourit. Ils auraient du temps pour

eux seuls bientôt, et elle était prête à patienter pour retrouver la magie de leurs étreintes. Elle se hissa sur la pointe des pieds pour l'embrasser, et lui murmurer l'ultime vérité :

— Je suis capable de tout, quand tu es à côté de moi.

Épilogue

Deux ans plus tard

— Viens faire un tour à cheval avec moi !

Quand Hester vit la passion qui brûlait dans les yeux de son mari, elle réussit à feindre l'indifférence, mais elle n'en posa pas moins le livre qu'elle était en train de lire.

— N'avais-tu pas des réunions tout l'après-midi ? dit-elle en se levant.

— J'ai fini tôt.

Alek n'était pas dupe de sa sérénité de façade, car il lui sourit d'un air entendu. Elle connaissait trop bien cette expression et chaque fois qu'il lui souriait ainsi, elle se sentait fondre. Il ne se contentait pas de l'aimer, il *l'adorait*. Quand il la regardait ainsi, elle se sentait belle, prête à affronter les bons côtés de l'existence comme les mauvais, avec un appétit de vivre jamais démenti.

Elle le dévora du regard. Il portait le pantalon et la chemise sombres qu'il mettait généralement pour monter à cheval. Sous le regard sans équivoque qu'il portait sur elle, elle sentit une vague de sensualité l'envahir. Leur besoin de se toucher, de se caresser n'avait pas diminué au cours des deux années qui s'étaient écoulées depuis leur mariage.

Après le couronnement, ils avaient réussi à s'échapper pendant un mois entier pour leur lune de miel, qu'ils avaient passée au haras. Alek avait veillé aux affaires du royaume par téléphone ou par mail.

À leur retour, ils avaient mis en place une organisation parfaite. Tout en l'accompagnant régulièrement lors d'événements officiels, elle s'était donné pour but de développer des programmes d'alphabétisation pour adultes. Cette année, elle avait ouvert une bibliothèque dans une des ailes du château de la reine Aleksandrina. Cette initiative avait redonné vie à l'endroit où résonnaient à présent des rires d'enfants. Elle avait aussi permis au plus grand nombre de profiter de ce lieu magnifique.

Aussi souvent qu'ils le pouvaient, ils passaient leur week-end au haras. Bien qu'Hester ait appris à monter à cheval – et s'était révélée douée —, ils partageaient toujours la même monture quand ils partaient ensemble, comme aujourd'hui.

Guidé par Alek, Jupiter les emmena dans la forêt qui bordait la falaise. Hester vibrait d'excitation à la perspective de partager de nouveau cette passion insatiable qui les attirait l'un vers l'autre. Quelle ne fut pas sa surprise, toutefois, quand,elle découvrit, au bord de l'étang surmonté de son halo de vapeur, une tente blanche circulaire devant laquelle se trouvait un… sofa !

— Qu'est-ce que c'est ?

— Notre anniversaire, répondit-il en resserrant son étreinte. Pensais-tu que j'avais oublié ?

— Pas du tout. Je pensais que tu avais prévu quelque chose pour plus tard.

— Et toi, as-tu préparé quelque chose ?

Elle sourit en se laissant aller contre lui.

— Bien sûr…

Les petites surprises qu'ils se préparaient mutuellement étaient devenues un rituel entre eux. Mais cette fois, elle lui avait réservé la plus parfaite des surprises.

Elle descendit de cheval et se dirigea vers la tente décorée de guirlandes lumineuses. L'intérieur croulait sous les fleurs fraîches. Une pile de couvertures de laine était disposée sur un lit. Près d'une table, un panier d'osier les attendait, garni de leurs mets favoris.

— Tu as choisi le confort cette fois-ci ? le taquina-t-elle.

— J'ai choisi de rester toute la nuit. Peut-être deux.

Hester était enchantée. C'était tellement merveilleux de voler du temps pour eux seuls dans leurs agendas bien remplis ! Jamais elle n'avait été aussi comblée, aussi heureuse.

— J'espère que mes plans ne vont pas gâcher ta surprise, dit-il en l'enlaçant.

— Mon plan était plutôt vague et réalisable n'importe où.

À la pensée de ce qu'elle s'apprêtait à lui annoncer, une vague d'émotion la submergea et soudain, des larmes lui montèrent aux yeux.

— Hester ? demanda Alek, visiblement inquiet.

— Je vais bien, murmura-t-elle, avant d'annoncer de but en blanc : Je suis enceinte. Nous allons avoir un bébé, Alek !

Elle prit son visage en coupe entre ses mains.

— J'ai eu un mal fou à garder le secret, ces deux derniers jours, et je n'y tenais plus…

Elle se dressa sur la pointe des pieds et posa sa bouche humide de larmes sur celle de son mari bien-aimé.

Afin de prendre le temps d'explorer l'incroyable alchimie qui existait entre eux, ils étaient convenus d'attendre un peu avant de faire un enfant. Mais quelques mois auparavant, ils avaient arrêté de se préoccuper de contraception. Et maintenant ? Elle était si heureuse qu'elle avait l'impression que son cœur allait exploser.

— Je vais être honnête avec toi, Hester. Je suis terrifié. Mais je suis aussi impatient.

Quand il resserra son étreinte, elle sentit qu'il tremblait.

— Nous pouvons quand même faire l'amour ? Ce n'est pas dangereux ?

— Ce serait dangereux de ne pas le faire ! protesta-t-elle dans un éclat de rire. J'ai besoin de faire l'amour avec toi, mon roi.

— Alors, ainsi soit-il, ma reine. Je me plierai toujours à ta volonté.

Il se laissa tomber à genoux devant elle et contempla son corps encore mince.

— Si tu savais comme je suis impatient de rencontrer notre enfant, Hester !

— Moi aussi…

Mais pour le moment, elle était surtout impatiente de s'abandonner au plaisir qu'il savait si bien faire naître en elle.

Avec lui, elle se sentait libre et elle pouvait tout lui révéler. Son corps, son âme, ses secrets. Tout ce qui l'effrayait, tout ce qui l'enchantait. Il l'acceptait, mieux, il la comprenait et il partageait ses propres préoccupations avec elle.

Ils avaient tout. Les couronnes, les diamants, les palais… et bien davantage encore. Mais le plus important à leurs yeux était l'amour qui les unissait. Parce qu'ils avaient enfin compris qu'ensemble, ils étaient plus forts.

Retrouvez prochainement,
dans votre collection

AZUR

L'enfant de Rio Bardales, de Kim Lawrence - N°4312

« C'est ma fille. » Les mots de Rio Bardales font frémir Gwen. Car, jusqu'ici, le redoutable milliardaire ignorait qu'il était père. Certes, lors de leur rencontre trois ans plus tôt, il s'était montré parfaitement clair : leur liaison serait nécessairement éphémère – et elle l'avait été. Mais aujourd'hui tout a changé : Rio s'est découvert une enfant et la revendique comme son héritière. Pire, alors qu'il n'éprouve aucun sentiment pour Gwen, il exige qu'elle devienne son épouse !

Le secret d'un homme d'affaires, de Cathy Williams - N°4313

Secrétaire particulière du très exigeant Matt Falconer, Violet a l'habitude de faire face à toutes sortes de situation, pour les régler avec son efficacité légendaire. Or, aujourd'hui que son patron se tient devant sa porte, elle se sent désarmée, impuissante. Car elle attend un enfant de lui ! Parce que tous deux se sont égarés au cours d'une nuit aussi folle que passionnée, Violet doit-elle accepter le mariage de convenance que lui propose Matt, alors qu'il n'a jamais été question d'amour entre eux ?

Sombres noces italiennes, de Caitlin Crews - N°4314

Elle doit l'épouser. Peut-elle choisir de l'aimer ? Pour l'innocente Angelina, un mariage avec Benedetto Franceschi devrait être terrifiant. L'énigmatique homme d'affaires italien n'a-t-il pas vu disparaître ses six précédentes compagnes dans des circonstances mystérieuses et inquiétantes ? Pourtant Angelina n'a pas peur, si ce n'est des sentiments intenses que son fiancé fait naître en elle. Auprès de lui, dans son château bâti sur une île isolée, elle se découvre une autre femme, pleine de désir…

La promise piégée, de Pippa Roscoe - N°4315

Ella est aussi innocente que Roman est sombre. Et leur rencontre dans un bois dense n'est en rien le fruit du hasard… Au contraire, c'est la vengeance chevillée au cœur que Roman aborde la jeune femme pour la séduire. Comme il l'avait envisagé, quelques beaux discours et des baisers tendres suffisent à convaincre Ella qu'il est digne de confiance. Mieux encore, l'homme idéal. Piégée par l'amour, la douce sera bientôt son épouse, et il sera temps alors, pour Roman, de lui révéler sa vraie nature…

Un contrat devant l'autel, de Chantelle Shaw - N°4316

Rien ne se passe comme prévu, pour Leah. Fiancée au gentil James, la voilà soudain seule devant l'autel… et contrainte d'épouser le sulfureux Marco De Valle. Cet homme sombre, et dont la cicatrice au visage rehausse la virilité, lui inspire un désir coupable. Car, entre eux, il ne s'agira que d'une union de convenance, permettant à Leah de toucher son héritage et à Marco d'offrir une figure maternelle à son fils, Nicky. Mais, à mesure que les époux se rapprochent, la tentation devient forte de donner à leur mariage une tournure sensuelle…

Cette nuit avec un prince, de Lynne Graham - N°4317

Un dernier péché avant de subir la pénitence d'un mariage… Contraint de prendre femme pour donner à son peuple l'héritier qu'il attend, Rafiq al-Rahman, prince du Zenara, décide de s'offrir quelques heures de liberté dans les bras d'une inconnue. L'innocente Izzy, femme de chambre dans le palace où il séjourne en Angleterre, est exactement celle qu'il recherche ! Non seulement elle ignore tout de son statut royal, mais ses manières naïves et la douceur de son regard représentent un défi supplémentaire pour lui. Et surtout, la promesse d'une nuit inoubliable…

La passion de Gia, de Jennifer Faye - N°4318

SÉRIE : *L'HÉRITAGE DES BARTOLINI* - 2/3

Elle n'est pas une Bartolini. Face à cette révélation qui fait éclater tous ses repères, Gia est aussi bouleversée que déterminée à retrouver son père biologique. Partie à la recherche de ses origines, elle arrive sur la petite île italienne de Lapri. Et, plus précisément, sur le pas d'une maison abandonnée dont le nouveau propriétaire l'accueille avec froideur. Riccardo Moretti est en effet persuadé que Gia est une intrigante, jusqu'à ce qu'elle lui raconte son histoire. Bientôt pourtant, tandis que la passion flambe entre eux, une question vient tarauder Gia. Se pourrait-il qu'en renouant avec son passé elle ait trouvé l'homme qui partagera son avenir ?

Liée à un Xenakis, de Maya Blake - N°4319

SÉRIE : *AUDACIEUX MILLIARDAIRES* - 2/2

Il y a deux mois, je me rendais chez Neo Xenakis pour m'excuser de l'erreur terrible que j'avais faite, et qui lui était préjudiciable. Seulement voilà, la passion a brusquement pris le dessus et, d'un regard intense à un baiser brûlant, je me suis retrouvée dans le lit du puissant Grec. Que dois-je faire aujourd'hui ? Avouer à Neo que j'attends un enfant de lui ? Parce qu'il est persuadé de ne pouvoir engendrer d'héritier, me croira-t-il quand je lui révélerai que notre unique nuit d'amour nous a liés à jamais ?

La révélation d'une maîtresse,
de Dani Collins - N°4320

SÉRIE : *FRÈRES RIVAUX* - 2/2

Neuf mois. Cela fait neuf mois que Javiero Rodriguez n'a pas revu Scarlett Walker. Aussi est-il stupéfait de la retrouver sur le point d'accoucher de son enfant ! Bien qu'il n'ait jamais envisagé de fonder une famille, il décide aussitôt d'assumer ses responsabilités en épousant Scarlett. Après l'enfance désastreuse qu'il a vécue, il veut offrir à son fils un foyer stable. Reste à convaincre Scarlett qu'une union de convenance est la seule option possible pour eux, malgré la passion qui les unit autant qu'elle les oppose…

La conquête d'une princesse,
de Rebecca Winters - N°4321

SÉRIE : *PRINCESSES ET MARIÉES* - 1/3

En tant que princesse, Lanza connaît son devoir. Bientôt elle épousera Stefano, le prince d'Umbriano, qu'elle n'a jamais rencontré. Cette union de pure convenance, décidée par leurs familles respectives, permettra une alliance entre leurs deux royaumes ; c'est une promesse de paix, et elle compte bien l'honorer ! Seulement, sa rencontre avec son futur époux la bouleverse. Stefano fait aussitôt battre son cœur, si bien que Lanza se prend à rêver que leur mariage puisse faire éclore de tendres sentiments…

Une héritière à dompter,
de Sharon Kendrick - N°4322

Plus jeune, Loukas Sarantos n'était qu'un simple garde du corps. Désormais, il est l'un des hommes les plus riches de la planète et peut s'offrir tout ce qui lui plaît. Alors, si son choix d'investissement s'est porté sur Lulu, une entreprise de bijoux aux ventes déclinantes, il ne s'agit pas d'un hasard. Non, s'il a racheté la firme, c'est pour avoir du pouvoir sur son égérie, Jessica Cartwright. Jessica, celle qui lui a brisé le cœur des années plus tôt, en refusant sa demande en mariage sous prétexte qu'il n'était pas assez riche pour la satisfaire. Mais aujourd'hui l'heure de la vengeance a sonné : Loukas tient le destin de Jessica entre ses mains…